こてんふう

古典风

[日] 太宰治 著

程亮 译

中国出版集团　现代出版社

图书在版编目（CIP）数据

古典风 /（日）太宰治著；程亮译. —— 北京：现代出版社，2023.4

ISBN 978-7-5231-0112-4

Ⅰ.①古… Ⅱ.①太…②程… Ⅲ.①短篇小说—小说集—日本—现代 Ⅳ.①I313.45

中国国家版本馆CIP数据核字（2023）第031911号

古典风

作　　者：[日] 太宰治
译　　者：程　亮
责任编辑：申　晶
出版发行：现代出版社
通信地址：北京市安定门外安华里504号
邮政编码：100011
电　　话：010-64267325　64245264（兼传真）
网　　址：www.1980xd.com
印　　刷：固安兰星球彩色印刷有限公司

开　　本：880mm×1230mm　1/32
印　　张：6.5
字　　数：118千字
版　　次：2023年4月第1版
印　　次：2023年4月第1次印刷
书　　号：ISBN 978-7-5231-0112-4
定　　价：49.80元

目录

啊，

秋

一旦成了职业诗人，随时可能接到稿约，故须常备诗材。

倘要求以"秋"为题，便可轻松打开"ア"部抽屉，自爱、青、赤、秋等种种条目中选出"秋"部，从容查阅。

　　蜻蜓。透明。

似乎是在描述到了秋天，蜻蜓变得孱弱无力，肉体已死，唯余灵魂摇晃飞动的样子。在秋晖下，蜻蜓的身体看上去是透明的。

　　秋是夏的余烬，是焦土。
　　夏是吊灯，秋是灯笼。
　　秋英，凄惨。

曾几何时，我在郊外的一间荞麦面馆等待吃笼屉面，随手翻开餐桌上的旧画报，见到一张大地震的照片，一个身穿格纹浴衣的疲惫女人，孤零零地蹲在一片大火烧过的荒原上。我顿时便爱上了那个悲惨的女人，爱得心如火焚，甚至感到了可怕的情欲——悲惨与情欲，似乎是一对近邻——痛苦得喘不过气。每每走在枯野中遇见秋英，我都感到同样的痛苦。秋天里的牵牛花，也和秋英一样让我瞬间窒息。

　　秋与夏同至。

　　秋天隐藏在夏日里，早已悄然而至，人们却为炎热所骗，不能看破。只需侧耳倾听即可发现，夏天一到，虫子就叫；留心庭院也能注意到，桔梗花一到夏天就开放；至于蜻蜓，本就是夏虫；而柿子，也是在夏天结果。

　　秋是狡猾的恶魔，蹲伏在夏天里，冷笑间已做好一切准备。成为我这样的火眼金睛的诗人，就能识破。看着妻子为夏日来临而欢欣雀跃，嚷着去海边或去山里，我就觉得她很可怜。秋天分明已同夏天一道悄然而至了呀。秋，是坚忍的恶棍。

　　鬼故事仍可以讲。按摩。喂，劳驾。
　　招手，芒草。那后头定有墓地。

一问路，女人哑然。荒原。

　　写着许多意味不明的词句。我自己也不清楚写下它们的动机，许是打算记作备忘的吧。

　　窗外，见一只丑陋的秋蝶扑棱着翅膀，在院中的黑土上爬来爬去。因其格外坚强，故而得以不死，绝非虚幻之态。

　　写这些时，我很痛苦。我决不会忘记它写于何时，但我现在不说。

　　弃海。

　　去过秋天的海水浴场吗？海滩上，残破的花阳伞被浪潮冲来荡去，欢纵过后，红日灯笼也遭遗弃，发簪、纸屑、碎唱片、空牛奶瓶，海水混浊泛红，浪头翻涌起伏。

　　绪方先生有孩子了吧。
　　一到秋天，皮肤就发干，好怀念啊。
　　秋天是乘飞机的最佳季节。

这些句子同样意义不明，似乎是我偷听秋天里的对话，如实记录下的。

还有呢：

艺术家本该一直是弱者的朋友。

甚至有这种与秋天毫不相干的句子，但或许，这也是所谓"季节的思想"吧。

其他还有：

农家、小人书、秋与大兵、秋蚕、火灾、烟、寺庙。

乱七八糟写了一大堆。

非
玩
笑

那一夜，我遥想自己的前途，不寒而栗，坐立不安，便拖着手杖，从本乡的公寓走到了上野公园。其时已逾九月中旬，我的白底浴衣也已有过季之感，我觉得它在暮色中白得刺眼，连我自己都害怕，于是越发悲伤，不愿活着。拂过不忍池吹来的风，是温乎乎、臭烘烘的。池中的莲也已长到它们的极限，终究腐烂了，留下凄惨而丑陋的残骸。络绎往来的纳凉者，也都面色呆滞，神情疲惫，让人想到世界末日。

　　来到了上野站。无数乌泱泱的旅客，在这座堪称东洋最大的火车站里徘徊蠢动。都是落魄之人——由不得我不这么想。据说这里是东北农村的魔门，人们钻过这道门，来到城市，经历惨败，再度钻过这道门，带着一具破落的肉体，衣衫褴褛地回到故乡。定然如此。我在候车室的长椅上坐下，抿嘴一笑。所以不是我不说，明明忠告过你很多次了，来东京也没用。无论是老人还是青年，都完全丧失了活力，茫然坐在长椅上，勉强睁开混浊的眼睛，究竟在看哪里呢。他们在追逐空中的幻花。各色面庞和种种失败的历史画卷，大概正如走马灯一样在空中展开呢。

我起身逃离了候车室，往检票口那边走。七点零五分抵达的快速列车刚刚驶进站台，黑色的蚂蚁们前拥后挤，推来搡去，或如一团硕大的圆球，以不可阻挡之势滚向检票口。手里提着皮箱，偶尔也能看到篮子。啊，这世上竟仍存在信玄手提袋这种东西，是被赶出故乡来到这里的吗？

青年们相当时髦，而且无一例外都很紧张兴奋。可怜，无知。大概是和老爹吵架后跑出来的吧。蠢货。

我注意到了一名青年。他抽烟的样子相当装腔作势，想必是跟电影里的外国演员学的。他提着一个小型皮箱，刚走出检票口，就扬起一边眉毛，环顾四周。对演员的模仿越发投入了。阔领西服，是华丽得令人咂舌的格子花纹；裤子极长，乍一看仿佛脖子以下都是裤子；白麻鸭舌帽、红皮短靴。他紧绷着嘴，英姿飒爽地走了出去。太过于典雅，以至于滑稽。我想跟他开开玩笑。我当时无聊极了。

"喂，喂，泷谷君。"皮箱的名牌上写着"泷谷"，我便这么喊他，"等一下。"

我甚至没去看对方的脸，就快步走在前头。仿佛由命运吸引，那青年从我身后跟了上来。我对人的心理，多少是有自信的。当一个人处在茫然状态时，只需向其下达压倒性的命令，对方就会任你摆布。若手段不够高明，企图努力假装自然，通过讲道理来让对方理解并安心，反而行不通。

我俩爬上了上野山。

"我觉得你最好稍微照顾一下你老爹的感受。"我一边格外缓慢地登上一级级石阶一边说道。

"哈。"青年僵硬地答道。

西乡①先生的铜像下，一个人也没有。我停下脚步，从袖兜里取出香烟，借助火柴的光亮，瞥了青年一眼，见他一脸孩子般的稚气，脸颊鼓起老高，似乎心怀不满。我觉得他很可怜。想着开玩笑就到此为止吧：

"你多大了？"

"二十三。"他一口乡音。

"真年轻啊，"我不禁叹了口气，"够了，你可以回家去。"我本想说只是想吓吓你，却油然生出一种近似调情的冲动，诱使我再开开玩笑，再逗逗他。

"你有钱吗？"

他磨磨蹭蹭地答道："有。"

"放下二十元走吧。"我要笑死了。

----

① 约翰·彼得·埃克曼（J.P.Eckermann, 1792—1854），德国作家。一生研究歌德，并与歌德结缘，曾长期任歌德的秘书，著有《歌德谈话录》。——译者注

他掏钱了。

"我可以回去了吗？"

这时也许我该大笑着说，笨蛋，开玩笑的，只是捉弄你一下，东京这地方如此可怕，你该尽早回家让你老爹放心才是。然而，我此举的初衷可不是开玩笑。我必须支付公寓的房租。

"谢谢。我不会忘记你。"

我的自杀推迟了一个月。

哥

哥

父亲去世时，大哥刚从大学毕业，二十五岁，二哥二十三岁，三哥二十岁，我十四岁。两位哥哥都很善良，而且为人老成，所以尽管父亲去世了，我也不曾感到丝毫无助。在我心里，大哥和父亲完全一样，二哥就像操心的伯父，我总是跟他撒娇。无论我多么任性世故，哥哥总是笑着原谅我。他们什么也不让我知道，准许我为所欲为，不只如此，为了守护恐怕足有百万以上的遗产和亡父在政治上的诸势力，哥哥一定在暗中付出了大量的努力。他们没有伯父之类的人可以依靠，一切都只能靠二十五岁的大哥和二十三岁的二哥合力拼搏，除此之外别无他法。大哥二十五岁就当上了镇长，经过一番实际从政的锻炼后，在三十一岁成为县会议员。据说他是全国最年轻的县会议员，报纸上称他为 A 县的近卫公①，还被画成漫画，极受欢迎。

---

① 近卫文麿（1891—1945），日本政治家，初涉政坛时十分年轻。后三任首相，成为日本侵华祸首之一。——译者注

即便如此，大哥似乎总是心情阴郁。那些不是他想要的。大哥的书架上塞满了《王尔德全集》《易卜生全集》，以及日本剧作家的著作。大哥自己也写剧本，时常将弟弟妹妹们召集于一室，读给我们听，那时候的大哥的脸，看上去是由衷的高兴。我当时尚且年幼，不太明白，但我总觉得，大哥的剧本大都是以宿命的悲哀为主题的。其中，关于《争夺》这一长篇剧本，就连剧中人物的表情，我至今仍能清楚地回忆起来。

大哥三十岁时，我们一家曾发行过一本叫《青子^①》的可笑的同人杂志，由当时正在美术学校塑像科就读的三哥负责编辑。

"青子"这个名字，是三哥独自构思的得意之作。封面也是三哥胡乱画的，使用了大量的银粉，呈超现实主义风格，教人看了一头雾水。

大哥在创刊号上发表了一篇随笔，以"饭"为题，他口述，我笔记。我现在还记得，在二楼的西式房间里，大哥背着双手，盯着天花板，缓缓踱步。

"好了吗？好了吗？我要开始了。"

"好了。"

"我今年三十岁。孔子曰三十而立，可我却无处立足，眼看

① 当时太宰治正在主办同人杂志《蜃气楼》，三哥桂治评价该杂志名像"婴儿（赤子）"，后来创办这本杂志便命名为"青子"，寓意比赤子略成熟。——译者注

016

就要倒了。我不再切身感受到生存的意义了。硬要说的话，我除了吃饭时，都没在活着。这里说的'饭'，既非生活形态的抽象，亦非生活欲望的概念，就是直接指那一碗饭而言，就是咀嚼那碗饭的瞬间的感受。那是一种动物本能的满足。这是个低俗的故事……"

虽然我还是个初中生，但当我拼命记下大哥的那般述怀时，觉得他非常可怜。人们无知地将大哥吹捧成 A 县的近卫公，但我觉得，没有一个人懂得大哥真正的寂寞。

二哥好像没在创刊号上发表任何作品，但他从谷崎润一郎[①]创作的早期就是其忠实读者。此外，他还非常欣赏吉井勇[②]的为人。二哥酒量很大，心性豪爽，颇有头领气质，但他绝不为酒所累，大哥有事总会找他商量，他处理事情认真负责，是个谦逊的人。大家都以为，他很可能悄然爱着吉井勇那"一去红灯[③]不复归，如此方为真我也"般的勃勃雄心。二哥在地方报纸上发表过一篇关于鸽子的随笔，并且二哥的近照也登报了，当时他开玩笑地摆出一副威风的派头说："怎么样，看这张照片，我也算是个文士了，多像吉井勇啊。"二哥长得像左团次[④]一样仪

---

① 谷崎润一郎（1886—1965），日本小说家，唯美派代表作家之一。代表作有《春琴抄》《阴翳礼赞》等。——译者注
② 吉井勇（1886—1960），日本歌人、剧作家。前期歌作多以酒和情痴为题材。代表作有歌集《酒祝》、剧本《俳谐亭句乐之死》等。——译者注
③ 指花街柳巷。——译者注
④ 指歌舞伎演员市川左团次。——译者注

表堂堂，而大哥的脸，线条较细，全家人评价他酷似松茑①。他俩对此心知肚明，偶尔醉酒之时，甚至模仿左团次和松茑的声调对唱《鸟边山殉情》或《皿宅》等剧目。

每当此时，三哥便独自躺在二楼西式房间的沙发上，远远地听着两个哥哥对唱，面露毒笑。三哥虽然进了美术学校，但他身体不好，所以在塑像上没怎么投入精力，而是沉迷于小说。他有许多文学上的朋友，和那些人一起发行了同人杂志《十字街》，他亲自绘制封面，还偶尔创作《终于苦笑》等淡彩小说发表。他的笔名叫梦川利一，哥哥姐姐们都为之叹服，笑他起了个可怕的名字。他让人用罗马字母 RIICHI UMEKAWA 印制成名片，神气十足地也给了我一张，我一读，成了梅川利一，连我也吓了一跳，便问他："哥，你是梦川吧？是故意印成这样的吗？"

"哎呀，糟了。我可不是梅川。"说着，三哥的脸变得通红。他已经把名片送给了朋友、前辈还有常去的咖啡馆。这不是印刷厂的疏漏，似乎是三哥自己指定的 UMEKAWA，把字母"u"按英语发音读成"yu"，是谁都容易犯的错误。全家人越发大笑不止，后来我们在家里便叫他"梅川老师"或"忠兵卫②老师"。三哥体弱多病，于十年前去世了，年仅二十八岁。他的脸美得不可思议。当时姐姐们读的少女杂志上，每月都会在卷首刊出

---

① 指歌舞伎演员市川松茑，初代市川左团次的门人，善演旦角。——译者注
② 净琉璃剧《冥途信使》的主人公。梅川是其相好的妓女。——译者注

一幅插图，是由一个叫蕗谷虹儿[1]的人画的眼睛很大、身材纤瘦的少女。三哥的脸和那少女的脸一模一样，我时常呆望着三哥的脸，感受到的不是嫉妒，而是一种莫名教人心里发痒的快乐。

三哥有部分潜在的性格是认真的，甚至是非常严格且守规矩的，不过，他似乎信奉以前在法国流行的风流绅士风，以及鬼面毒笑[2]风，胡乱轻蔑别人，装作孤高。大哥早已结婚，当时大嫂生了个女孩，一到暑假，年轻的叔叔姑姑们就从东京、从A市、从H市、从各自的学校返家，齐聚一室，吵吵嚷嚷，这个说"来，到东京的叔叔这里来"，那个说"来，到A姑姑这里来"，互相争夺小侄女，每到这时，三哥就站在离大家稍远的地方，诸如"什么呀，还是红的呢，真恶心"这般说着刚出生的小侄女的坏话，然后无可奈何似的，稍稍伸出双手说："来，到法国的叔叔这里来。"还有晚餐时，大家一个挨一个坐在饭桌前，祖母、母亲、大哥、二哥、三哥、我依次排开，对面是账房先生、嫂子、姐姐们，大哥和二哥不管夏天多热都坚持喝日本酒，二人身旁都让人备好了大毛巾，他俩一边不停用毛巾擦去满头大汗，一边继续喝着烫热的酒。好像每晚都要喝不止一升，但他俩酒量都很大，所以一次也没在席间撒过酒疯。三哥

---

① 蕗谷虹儿（1898—1979），日本插画画家、诗人。——译者注

② 即滑稽腔（burlesque）。该风格由法国诗人保罗·斯卡龙（1610—1660）开创，在显贵男女友人之间，故意使用粗俗的措辞写诗互开玩笑，或用下里巴人的语法和夸张胡闹的文句对古典名作进行谐仿。该风格在1650年前后于法国盛行一时。——译者注

从不加入他们，而是装作不知，坐在自己的座位上，独自将葡萄酒倒进考究的玻璃杯中一饮而尽，然后赶紧吃完饭，认真地鞠一躬说"你们慢用"，便迅速消失不见，仿佛从未出现过。他实在是个妙人。

发行杂志《青子》时，三哥也以主编的身份吩咐我向全家人收集原稿，而他读了收集来的原稿，就面露毒笑。我好不容易让大哥口述了一篇题为"饭"的随笔，抄记下来，颇得意地呈给主编，可主编一看就不屑地笑了：

"这是什么呀，一副号令的口吻。还孔子曰，太可怕了。"他说了许多坏话。三哥明明很理解大哥的寂寞，但他为了自己的喜好，总是说这样的坏话。三哥对别人的作品如此恶语相向，但一说到自己的作品如何，便显得心虚了。在这本名字古怪的杂志《青子》的创刊号上，主编出于自重并未发表小说，而是发表了两篇抒情诗，但现在再怎么想，那都称不上杰作。那个当哥哥的，为何会起意发表这种东西呢，我现在甚至感到遗憾。甚是不好意思写出来，那两首诗分别是《红色美人蕉》和《鬼灯檠花惹人怜》，前者是"红色美人蕉，其花似我心"，云云；非常不好意思写出来，后者是"鬼灯檠花惹人怜，一朵二朵三四朵，装进我的袖兜里"，云云。如何？为了那个时髦的风流绅士哥哥着想，我现在觉得，这两首诗还是妥善地深藏在箱底为好，但在当时，我对三哥那彻底的鬼面毒笑风非常尊敬，况且他是东京的一本似乎相当有名的同人杂志《十字街》的成员，再加上三哥好像对那两首诗深以为傲，在镇上的印刷厂里一边校对诗文，一边将"红色美人蕉，其花似我心"谱以古怪的曲调唱了出来，以至于我也觉得那是杰作了。关于这本《青子》杂志，我有许多令人怀念又令人失笑的回忆，但今天有点嫌麻烦，就说一说这位三哥去世时的故事，然后便别过吧。

这位哥哥从去世前的两三年起，就时而清醒时而昏睡。结核菌已经开始在他体内到处蛀蚀了。即便如此，他精神头还相当好，不大想回乡下，也不住院，在户山原附近租了一栋房子，让同乡的 W 夫妇搬进其中的一间屋子，其余房间全归他自用，过着悠闲的生活。我上高中以后，即使放假也不回乡下，通常都去东京户冢的哥哥家玩，然后和哥哥一起在东京街头漫步。

哥哥经常撒谎。他曾在银座边走边指着一个胖老头儿小声叫道："啊，是菊池宽。"他的表情十分认真，教我不得不相信。在银座的不二屋喝茶时，他也曾用胳膊肘轻轻地捅了捅我，小声告诉我："我看到佐佐木茂索了，就在你身后的桌子。"很久以后，我直接见到了菊池老师和佐佐木先生，才知道哥哥尽撒谎骗我。在哥哥收藏的川端康成的短篇集《感情装饰》的扉页上，用毛笔写着"致梦川利一先生。作者题"的字样，哥哥说，那本书是他在伊豆还是哪里的温泉旅馆结识了川端先生时，川端先生送给他的，但现在想来，下次见到川端先生时，我也得问一问他这件事。是真的就好了。然而，我收到的川端先生的信的字体，与记忆中的"致梦川利一先生。作者题"的字体，似乎有些不同。哥哥总是天真无邪地捉弄人，完全不能疏忽大意。据说故弄玄虚是法国风流绅士们的娱乐之一，所以哥哥有这种捏造神秘的恶癖，恐怕也是不争的事实。

哥哥的去世，是在我上大学那年初夏。同年正月，他在客厅的壁龛里挂上了一幅自己亲笔写的挂轴，那半裁纸上写着"今春已有佛心生，酒肴当前不觉喜"。访客无不大笑，哥哥也矜持地笑，但那大概并非哥哥一贯的故弄玄虚，而是发自本心的，但由于他总是捉弄大家，访客便只是笑笑，并不挂念哥哥的死活。没过多久，哥哥想出了新名堂，将一串小念珠戴在手腕上走来走去，并以"愚僧"自称。哥哥张口愚僧闭口愚僧，说时还很认真，他的朋友们都争相模仿，交谈时均自称愚僧，流行一时。对哥哥来说，那样做不只是开玩笑，他自知肉体消亡的时刻已然迫在眉睫，但鬼面毒笑风的爱好成了妨碍，使他不能率直地为之悲伤，反而拼命自嘲，像煞有介事地捻动念珠逗别人笑，口称："愚僧也为那妇人心乱神迷，虽然惭愧，但这证明我尚未枯朽。"他迈着跟跟跄跄的步子，邀请我们走进高田马场的咖啡馆。这位愚僧非常时髦，在去咖啡馆的路上，突然发现忘戴戒指出来了，便毫不犹豫地转身回家，戴好戒指，重新出门，若无其事地说一句"哎呀，久等了"。

我上大学后，住在户冢的公寓里，哥哥家近在咫尺。尽管如此，为了不影响彼此的学习，我们三天或一周才见一次面，见面时必定一起上街，听听单口相声，逛逛咖啡馆，在此期间，哥哥谈了一场小小的恋爱。出于风流绅士风的爱好，哥哥总是自命不凡得令人咂舌，好像根本不讨女人喜欢。当时高田马场的咖啡馆里，有一个哥哥真心喜欢的女孩，但当时两人的形势似乎不怎么妙，哥哥很是烦恼。即便如此，哥哥毕竟是个骄傲的人，所以他从不曾用下流的眼神挑逗那女孩，或是开低俗的玩笑，始终总是干脆地进店，喝一杯咖啡，再干脆地离开。一天晚上，哥哥和我去了那家咖啡馆，喝了一杯咖啡，形势依然不妙，便干脆直接回去了，在回家的路上，哥哥去了花店，让店员用康乃馨和玫瑰配了一个近十元钱的大花束，他抱着花束走出花店，有些扭捏，我完全明白哥哥的心态，便跳过去一把抢过花束，如脱兔般沿着来路奔了回去，飞快地躲进咖啡馆的门后，叫那女孩过来。

　　"你认得大叔（我习惯于这样称呼哥哥）吧？别忘了大叔。给，这是大叔送你的。"我迅速说完，把花束递给女孩，她却表现得心不在焉，我真想痛揍她一顿。连我也彻底没了劲头，晃晃悠悠地去哥哥家一看，只见哥哥已钻进被窝，似乎很不高兴。那时哥哥二十八岁，我比他小六岁，二十二岁。

　　从那年的四月左右起，哥哥怀着异常的热情开始了创作。

他把模特叫到家里，好像要着手创作一件大型躯体雕像。我不想打扰哥哥工作，所以那阵子没怎么去哥哥家。一天晚上，我去看他，见哥哥躺在床上，脸颊有些泛红，十分罕见地以半点也不开玩笑的语气认真地说道："梦川利一这个名字，我已决定不再用了。我打算堂堂正正地用辻马桂治（哥哥的本名）试试。"我突然很想大哭。

然后，过了两个月，哥哥未及完成工作就死了。W夫妇曾提过，说哥哥的样子不大对劲，我也是这么想的，便找主治医师谈了谈，医生淡漠地说他还有四五天活头，我大吃一惊，立刻给乡下的大哥发了电报。我陪在哥哥身边睡了两晚，用手指除去卡在他喉咙里的痰，直至大哥赶到，马上雇了护士，朋友们也渐渐聚齐，我才放下心来，但见到大哥之前的那两个晚上，至今思之仍犹若地狱一般。在昏暗的灯光下，哥哥让我打开每一个抽屉，将各种书信和笔记统统撕毁丢弃，我依他的吩咐，一边麻木地撕，一边啜泣，哥哥则讶异地看着我。我当时觉得，仿佛世上只有我们二人了。

大哥和朋友们围着他，在他咽下最后一口气之前，我叫了一声"哥哥"，哥哥清楚地说道："我有一个钻石领针和一条白金链子，留给你了。"那是谎言。哥哥定是直到临死之际仍未放弃他那风流绅士风的爱好，故而说那种洋气十足的东西来捉弄我。他大概是无意识地又玩起了拿手的捏造神秘。我知道没有什么钻石领针，所以我越发对哥哥卖弄虚荣的心态感到难过，不禁哇哇大哭。并未留下任何作品却不失为一个绝妙的一流艺术家的哥哥啊，明明拥有世上最出众的美貌却一点也不讨女人喜欢的哥哥啊。

　　哥哥的种种身后事，我本也打算一一写来，说与诸位知晓，可是突然一想，那种悲伤，不仅是我，任何人在血亲离世时一定都有体会，因此我若夸笔大书特书，仿佛那是我的特权，这样好像对不起读者，于是这心情便突然萎缩了。"桂治，今早四时，逝世。"一边在发往乡下家里的电报纸上写下这些文字，当时三十三岁的大哥不知想到了什么，突然不顾一切地开始痛哭，那个身影，至今仍令我这瘦弱干瘪的胸膛震撼不已。我觉得，父亲早逝的兄弟，不管多有钱，都很可怜。

古典风

——这样的小说，我也想读。

（作者）

A

美浓十郎是伯爵美浓英树的子嗣，现年二十八岁。

一晚，美浓醉醺醺地回到家，家里一片嘈乱。他毫不在意地穿过走廊，从母亲的居室前经过时，屋里传出一个声音："谁？"那是母亲的声音。"是我。"他明确答道，拉开了居室的隔扇，只见母亲独自端坐，对面是五六个仆人挤坐在房间一隅。

"怎么了？"美浓站着问道。

母亲似乎有些难以启齿，"你看到我的裁纸刀了吗？银的，不见了。"

美浓一脸不悦，"知道，我拿的。"

说完也不关门，他便摇摇晃晃地径直穿过走廊，进了自己的卧室。他醉得很厉害，只脱掉上衣，就把身体重重地摔倒在床上，发出很大的声响，然后就这么睡着了。

他感觉想喝水，眼一睁，天亮了。枕畔站着一个娇小的女孩，垂着头。美浓一言不发。昨晚的宿醉尚未清醒，连话也懒得说。这女孩有些眼熟，定是家里最近新雇的婢女。至于名字，不记得了。

迷迷糊糊地望着婢女，他渐感心烦意乱。

"你在做什么？"他甚至觉得对方有点脏。

女孩突然抬起头。她脸色苍白，脸颊周围异常紧张，肌肉痉挛扭曲。长得虽不丑，却让人感觉她是个悲惨的生物。

美浓微微感到愤怒，无缘无故地呵斥道："真是个笨蛋。"

"我，"婢女再次低下头去，颤声说道，"以前只以为十郎少爷是个不学好的人。"说完，她便筋疲力尽地坐倒在地。

"你是指裁纸刀吗？"美浓笑道。

女孩默默地点了两三下头，然后从围裙下拿出一把银质小裁纸刀亮了亮。

"居然偷裁纸刀，真是个奇怪的家伙。不过，你若觉得它很漂亮，倒也没办法。"

女孩开始了无声的痛哭。美浓微微感到愉快。他心想，这真是一个美好的早晨。

"是我母亲不好。她买来那些西洋书却不怎么读，只喜欢裁割书页，居然还为此扬扬得意，真是怪癖。"美浓躺在床上，尽情地伸了个夸张的懒腰。

"不，"女孩挺起上半身，拢起头发，"夫人是一位了不起的人，我讨厌听人背后诋毁自己的亲人。"

美浓慢吞吞地爬起身，盘腿坐在床上，暗自苦笑。

"你多大了？"

"快十九了。"女孩老实地答道，又低下头去。她看起来很高兴。

"你走吧。"美浓觉得询问婢女年龄的自己很下流。

女孩单手撑在垫子上侧身坐着，一动不动。

"我谁都不告诉，这总行了吧。你能不能快点出去？"

女孩最想要的是那把刀，那支亮闪闪的飞镖，但她终究说不出"给我吧"这种话。她把紧握在掌中的那把几乎被汗水浸得湿漉漉的小刀用力扔在垫子上，如脱兔般冲出了房间。

B

尾上照是个性格刚强的姑娘，有着含羞的笑颜和柔软的四肢。她是浅草某镇的三弦匠人的长女。阿照家的店尽管相当不

031

错，但在她十三岁那年，父亲因酗酒导致手指颤抖，做不好活儿，纵然请了工匠，生意也不如以前，店几乎垮了，阿照不得不寄宿在千住的荞麦面馆做佣工。她在千住干了两年，之后在月岛的 Milk Hall[①] 待过一阵子，后来又搬去上野的米久[②]，在这里干了三年。她从微薄的薪水里省出钱来，月月不断地给父母寄去生活费，哪怕只有两元三元。到了十八岁，她在向岛的茶室当女佣，想骗那里的常客——一个新派老生演员，结果反而被骗，羞愤之下，吞了樟脑丸装死逃过一劫。被茶室辞退后，她回到了阔别五年的老家。家里三年前寻来一位手艺高超、老实本分的名叫勘藏的工匠，将店里的所有活计都托付给他，生意总算开始恢复，阿照不用再勉强去做佣工。但她有心出力，便开始帮忙做家务，还学做针线活儿。阿照有个弟弟，这孩子不像他姐，沉默寡言，性格懦弱。他受勘藏教导，埋头于店里的活计。阿照的老父母打算让她嫁给勘藏，并一直照顾弟弟。阿照和勘藏对二老的计划都隐约有所察觉，不过两人互相并不讨厌。她渐渐长到十九岁，已是可以嫁人的年纪，老母亲劝阿照去一家豪门帮佣，只为学习礼仪，而对父母言听计从的阿照也觉得，这真要好过每天在家游手好闲，便欣然答应了。靠着老主顾——一位有身份的退隐大人的介绍，东家定下了，是美

---

① 流行于日本明治、大正时期的简易饮食店，主要供应牛奶、面包等食物。——译者注
② 始创于明治十九年（1886）的老牌牛肉火锅店。——译者注

浓伯爵家。

美浓家的气氛很冷清，阿照觉得自己仿佛来到了寺庙。来帮佣的第二天早上，阿照在庭前捡到一册手记，里面写满了莫名其妙的话。那是美浓十郎的手记。

○那也不是，这也不是。

○没事。

○记得给 FN 五元小费。玫瑰花束以白色和浅红色为宜。星期三。递交时的姿态是关键。

○关于尼禄的孤独。

○一想到，再善良的人的温柔问候中都藏有某种算计，就很难过。

○谁来杀了我吧。

○以后，西装要按月分期付款。须坚决执行。

○认真不起来。

○昨晚，请人算了一卦。说我会长命百岁，多子多孙。

○生生养活到死。

○莫扎特。Mozart.

○想为别人而死。

○尝试喝八杯咖啡。啥事也没有。

〇文化之敌——收音机、扩音器。

〇购入一辆自行车。无甚用途。

〇亲手交与森田屋老板娘六百元。借钱是人生的义务吗？

〇骆驼钻针孔是不可能的。做不到。

〇将我葬送何其易哉。

〇公侯伯子男。公、侯、伯、子、男。

〇澡堂子好。

〇美浓十郎。美浓十郎。美浓十郎。要不要印个初号铅字的名片呢？

〇H，笨蛋。D，低能。高尔夫奖杯，是用来接口水的。S，白痴。只去了学校。U，半死。那么年轻却成了守财奴。O君不错。即便仅就男子气概而言。

〇夜燃昼消，一如吾思君之心。①

〇水户黄门，漫游诸国②，余一生之愿也。

〇我恐惧尊敬。

〇没落万岁。

〇别忘了帕斯卡。

---

① 该句出自《百人一首》，为大中臣能宣所作。全文描述我的思恋之心如同守宫门的卫兵们点燃的篝火，夜起昼消。——译者注

② 水户黄门指曾任黄门官的水户藩第二代藩主德川光圀。有故事讲述他漫游日本各地的事迹，但事实上没有任何关于德川光圀漫游诸国的记录可查。——译者注

○听说七成的艺伎和娼妓是精神病患者。"还以为在道理上谈得来呢。"

○有人在看。

○我觉得大家都是好人。

○吞吃香烟会死吗?

○端坐桌前,端详十元纸币。这东西真不可思议。

○血亲地狱。

○越便宜的酒越有效。

○窥照镜子,忍俊不禁。终归不是谈恋爱的脸。

○追根溯源,却是山野芒草吗?

○想做一个平凡之人所付出的努力。

○终归在于言语。果然在于言语。一切在于言语。

○和 KR 女士约好送她耳环。

○人之子只有同一张脸。

○厌憎性欲。

○明日。

读着读着,阿照感到不可思议。她将庭院扫了又扫,连连摇头思索。这一册手记堪称恶魔的经文,给阿照那出嫁前的宝贵身体投下了不幸宿命的阴影。

C

　　请笑我吧，我夜夜只与花对话。包括您在内，我讨厌所有人。而花呢，纵是万朵樱花，每一朵也自有其惊人的个性。我此刻趴在床上，把铅笔舔了又舔，左思右想，一个字一个字地写下去，痛苦得要死，然后，我就凝视着枕畔的水仙花。台灯下有三朵水仙花，一朵向右，一朵向左，还有一朵垂着头，各自对我说话。向右的严肃的花说："我明白，但你必须活下去。"向左的活泼的花说："反正世间向来如此。"垂着头有点枯萎的花说："公主啊，您还不至于沦落到花的地步。"生为古典人，即便沉默，却仍如壁龛里的摆设——连花都在笑看我们这历史性的宿命。壁龛中的精美石器，形如富士山，人们只遥遥赞叹，看来这似乎既非饱腹之食，亦非把玩之物。富士山的摆件，孤零零的，没人知道它是多么的寒冷、痛苦。这真是滑稽的极致。在文化的尽头，似乎总会出现令人大笑的胡言乱语。我甚至觉得，教养的每一条路，仿佛都通向无目的的捧腹大笑。我可能是这世上最不健康、最没希望的女人，但似乎也因此，我才了解最崇高、最真实的健康，以及毫不做作的坚强的早晨。

　　为何必须活着？因这一恼人的问题而苦思不解时，我们便看不到晨光。令我们备受折磨的，似乎只是这一个问题。唉，听说每叹息一声，人就会后退百步。我最近发现了一个非常严峻的结论，便是贵族乃利己主义者这一不可动摇的结论。不，什么都别说。果然，您只考虑您自己，您只为您自己的形象痛苦得要死。您应该知道吧，我的枕畔除了三朵水仙花，还放着一个小梳妆台。我望着花，然后照镜子，对着我的美丽的脸说话，说它很美。我爱我的脸。不，是哀惜我的脸。承认吧，您也有过同样的夜晚。我们的不幸，我们的苦恼，不都是从这里，从这镜中涌出来的吗？为了别人，为了一个不值一提的亲人，将自身埋在泥里粉身碎骨——这样的盲动，为何我们做不到呢？要是能做到该多好，要是凭着坚定不移的信仰能做到该多好。尽说些装腔作势的话。鄙视我吧。我自暴自弃了。我此刻是羞红了脸在写。我爱您。

咬着铅笔，想了很久，写下"我爱您"，本欲擦掉，可转念一想，还是留着为好。唉，不管怎样，请随意吧，但我仍是爱您的。或许言语不足以表达万一。"我爱您"这句话，一旦付诸言语说出来，是多么的扫兴，多么的装腔作势，多么的令人烦躁啊。我厌憎言语。

爱是……爱是无法捕获的宇宙性的——不，是先验性的神性。再如何非凡的现象，皆不过是对爱的极小一部分的注释罢了。啊，我又说起矫揉造作的话来了。尽管笑我吧。爱会让人变得无能。我输了。

教养、理智、审美，这些东西把我们，把我，砸入了懊恼的无尽深渊。十郎少爷，为了这次的全新的小情人，我要恭喜您。为了那个在某天早上哭着求您，说"就算被嘲笑也好，就算被杀死也好，作为一生一次的请求，我要请您去看医生，我曾被坏男人抱过"的愚蠢的情人，我要恭喜您。请原谅我。我觉得那很无聊，而且我甚至认为，十郎少爷面对那么愚直的事，竟还欢天喜地地说"这是大地的爱"，那种姿态滑稽得可怜。我也已经二十五岁了。一年又一年，大家都陆续离我而去，混入那些平民群众当中。至少，我会将这个老婆婆虚幻而华丽地养大，如烟花一般。再见，离别的——不，握手吧。我自恋也没关系吗？您一定会回到我身边的。

祝您身体健康。

KR

D

下雨天，美浓在书房里写东西，装模作样地皱着眉头写东西。玩伴诗人突然从门外探进头来。

"喂，咱们去干点坏事吧。我想再品尝一下后悔的滋味。"

美浓头也不回："今天不想去。"

"哎呀，哎呀。"诗人走进房间，"你不会是想去死吧？"

"准备好了吗？我要读了。"美浓依旧坐在书桌前，开始大声朗读自己的力作：

　　阿格里皮娜①是罗马之王卡利古拉②的妹妹。她是一个有着漆黑的头发、小麦色的面颊、瘦长的鼻子的小个子女人，一对极端的吊睛如山中湖沼般清冷澄澈。她爱穿纯白的裙子。

　　聚集在宫廷里的纨绔窃窃私语，说阿格里皮娜没有乳房，不是美女。然而，其傲慢而又伶俐、宛如五月绿叶般清纯无华的楚楚姿态，在当时数一数二的风流男子看来，反而展现出了令人发疯似的魅力。

　　阿格里皮娜幸福得连自己的幸福都无所察觉。兄长作为完美无瑕的贤王，拥有不惜为恺撒③一样的孤高宿命而殉身的凄烈决心，并不懈地提供无言的庇护，希望自己唯一的妹妹阿格里皮娜至少能真正享有常人的自由。

　　阿格里皮娜对男人的侮辱，进行得极其自然，其

① 全名尤利亚·维普桑尼亚·阿格里皮娜（Julia Vipsania Agrippina，15—59），罗马帝国皇后，暴君尼禄之母，是历史上有名的恶女。——译者注
② 全名盖乌斯·尤里乌斯·恺撒·奥古斯都·日耳曼尼库斯（Gaius Julius Caesar Augustus Germanicus，12—41），罗马帝国第三位皇帝，是历史上有名的暴君。——译者注
③ 全名盖乌斯·尤利乌斯·恺撒（Gaius Julius Caesar，公元前100—公元前44），杰出的军事家、政治家，罗马帝国奠基者，史称恺撒大帝。——译者注

令人惊叹的程度也堪称史上仅见。当时谄谀的群臣们，把这一事实当作阿格里皮娜是稀世才女的佐证，越发不吝献上喝彩捧场。

阿格里皮娜的不幸，是随其身体的成熟开始的。她对男性的嘲笑，通过其婚姻遭到了体无完肤的报复。婚宴当晚，阿格里皮娜因新郎暴饮后的突发奇想，被新郎亲手饲养的几只老猿戏弄，令出席盛宴的好色醉客们狂喜不已。新郎名为布瑞赞贝尔德[1]，本就是个只靠战栗才能体会到生命意义的男人。阿格里皮娜紧咬嘴唇，忍受着凌辱。她暗暗向神发誓，总有一天，要让眼前所有的男人为今晚的无礼而后悔。然而，那雪耻之日却迟迟不至。布瑞赞贝尔德的暴虐无休无止，凶狠致齿龈出血的殴打取代了温柔爱抚，沙尘蒙蒙的战车疾驰取代了水边的安静散步。

相克的结合，绽开了含羞之花。阿格里皮娜怀孕了。布瑞赞贝尔德得知此事后大笑。别无他意，只是觉得可笑。

阿格里皮娜几乎已放弃了复仇，她将自己的如一根弱草般的依赖全部寄托在孩子身上。那孩子在夏天

---

[1] 全名格涅乌斯·多米提乌斯·阿赫诺巴尔布斯（Gnaeus Domitius Ahenobarbus, ? —公元前31），尼禄之父。——译者注

的一个正午落生了，是个男孩，皮肤柔嫩，嘴唇红润，看上去弱不禁风。他被称为多米提乌斯（尼禄的乳名）。

父亲布瑞赞贝尔德与婴儿初次对面时，猛然用力捏起那半边柔嫩的脸颊说："唔，真是个奇怪的东西，给希波当玩具不错。"说完晃着肚子笑。希波是布瑞赞贝尔德心爱的一头母狮的名字。阿格里皮娜产后憔悴的面颊上浮起冰冷的微笑，答道："这孩子不是你的，他一定是希波的孩子。"

希波之子尼禄迎来三岁的春天，布瑞赞贝尔德却因吃石榴误食石榴籽，引发剧烈的腹痛，经历一番呻吟辗转后死了。阿格里皮娜当时正在晨浴，接到丈夫的死讯，她一言不发跳出浴池，用一块白布裹住湿淋淋的裸体，从已断气的夫婿房间门前经过而不入，一阵风似的冲进了另一个房间。那是尼禄的房间。她紧紧地抱住三岁的尼禄，呻吟般地呢喃道："得救了，多米提乌斯啊，我们得救了。"眼泪和亲吻将尼禄那张俊美的小脸弄得一团糟。

那份喜悦终究转瞬即逝。阿格里皮娜的亲哥哥卡利古拉王发疯了。昨日的善良王者，一朝扛起了罗马史上屈指可数的暴君这一荣誉，曾经闪耀着睿智光辉的眉间，深深地刻下了不堪入目的立纹，像被短剑割伤了似的，一对细小的眼睛里燃起蓝色的狐疑之焰，无论是侍女们微风般的失笑，还是将卒们穿过走廊时过高的蹩音，他都毫不留情地课以严酷的刑罚。在阴郁的冷冻下，他变成了一条咬人不叫的病犬。一晚，三个兵卒静立在阿格里皮娜的枕畔，一人手持死刑宣判书，一人捧着镶有宝石的毒杯，一人拂着短剑的剑鞘。

"你们做什么！"阿格里皮娜不失威严，迅速起身厉声责问。无人应答。

宣判书交到了阿格里皮娜手上。

她瞄了一眼，"没理由，判我，这等死罪。速速退去，下贱之辈。"无人应声。

"理由你该清楚。"说着，卡利古拉王出现在门口，"今早你抱着多米提乌斯在庭园里一边散步，一边抱怨说'多米提乌斯呀，我们为何这么不幸呢'，我全听到了，你别想隐瞒，谋叛的嫌疑很充分。你和多米提乌斯可以一起去死了。"

"你不能杀多米提乌斯。"阿格里皮娜拼命抗议的声音，有如从天而降的肃穆纶音，响彻四方，"多米提乌斯不是你的，也不是我的，他是神之子。多米提乌斯是个美丽的孩子，是罗马之子，你不能杀他。"

疑惧的卡利古拉扑哧一声笑了，"好，好。那就减罪一等，流放远岛吧。好好照顾你的多米提乌斯。"

阿格里皮娜和尼禄一起被押上船舰，流放到了南海的一座孤岛上。

单调的日子一天天持续。尼禄喝了岛上的牛的乳汁，越来越壮，成长得勇猛而又健美。阿格里皮娜牵着尼禄的手，在孤岛的海滨逍遥，她指着水平线的彼方说："多米提乌斯呀，罗马一定就在那边。真想快些回罗马啊，罗马是这世上最美的都城。"说着说着，便泣不成声。尼禄则一直在天真地戏水。

当时，罗马爆发了骚乱。脸色苍白的卡利古拉王被其臣子谋杀了，而他孑然一身，全无子嗣，群臣万民私议纷纷，兴奋得颤抖，讨论谁将继位。继任者确定了，是卡利古拉的叔父克劳狄乌斯。当时他已年逾五十，对于宫廷中的诸势力而言，可谓选定了一个不痛不痒、恰到好处的人物。克劳狄乌斯身为无可挑剔的老好人，看起来很符合这一条件。他是罗马最有名的贝壳收藏家，在黑玫瑰的栽培上也有独到之见。虽说即位做了皇帝，他倒觉得有些不自在，诚惶诚恐。他无度地进行特赦大赦，尤其想到被流放至孤岛的阿格里皮娜和尼禄的可怕境遇，觉得他们太可怜了，便红着脸嘟哝着这个说给自己听的借口，在二人的赦免状上签了名。

在孤岛上拿到赦免状的阿格里皮娜欣喜若狂。她像凯旋的女王般，骄傲地挺起胸膛，高喊着"多米提乌斯呀，你的时代到来了"，抱着尼禄赤脚跑到屋外，在朵花不生、岩石遍布的海滩上跳舞似的走来走去，然后驻足伫立，久久啜泣。

阿格里皮娜回到罗马，以为再也没有可怕的人了，她畅快地舒展四肢，却突然感到有一束灼热的视线刺在背上。是克劳狄乌斯的皇后梅莎丽娜。梅莎丽娜看了一眼阿格里皮娜的眸子，觉得这人很危险。她看到了熊熊的野心烈焰。梅莎丽娜有个名叫布利塔尼卡斯的世子，性情温和，跟父亲克劳狄乌斯很像。若将尼禄的美貌比作盛夏的向日葵，布利塔尼卡斯就是秋天的大波斯菊。尼禄十一岁，布利塔尼卡斯九岁。

诡异的事情发生了。在尼禄午睡时，一双不为人知的柔软的手，将两片被水浸湿的玫瑰叶盖在尼禄的鼻孔和嘴上，企图使其窒息而死。阿格里皮娜愤怒得脸色铁青，——

"等一下，等一下，"诗人发出近似悲鸣的叫声，"人的忍耐是有限度的。你这究竟是什么鬼东西。"

"这是尼禄的传记。暴君尼禄。那家伙倒也没有那么坏，"美浓的脸也在不知不觉间变得苍白。他注意到了自己的兴奋，强行嬉皮笑脸，"接下来就有趣了。阿格里皮娜是如此重视尼禄，费尽心思全力培养，想把他推上王位，用尽毒计。最终，她当上了克劳狄乌斯的皇后，然后毒死了克劳狄乌斯。后来还做了许多更恶毒的坏事呢。多亏了她，尼禄才得以继位。然后，——"

"尼禄也做坏事。"诗人平静地说道。

"不，阿格里皮娜干涉了尼禄的恋爱，——"

"嗯，原来如此。"诗人抽着烟，"尼禄因此失去了母亲。母亲，请原谅我，我不是你的傀儡。母亲在痛苦的喘息下低声轻语：'你恨妈妈吗？'"

美浓一脸扫兴，"嗯，差不多。"他从椅子上站起身，在房间里踱来踱去，"被逼上绝路的人，无疑定会开始骨肉相残。"

"算了吧。太老套、太过时了。"诗人对美浓的这种或多或少的文才很是喜爱，而且对他独自偷偷写下这种故事的处境也很同情，但对于美浓这次恣意胡来的恋爱新招，他想故意装作没注意到，"简直成了电影剧本。"

"喝吗？"美浓将手搭在桌上的威士忌酒瓶上。

"不敢辞。"诗人也站了起来。

这样就可以了。

"敬罗马人，"二人异口同声，举杯相碰，"敬灭亡的阶级。
万岁。"

E

便是人心
想真正取信于人
也非得爬上
十字架
不可吗

（伊凡·戈尔^①）

F

阿照被解雇了。并不是因为和美浓之间的事暴露了。两人
都是欺人眼目的高手。阿照是以举止粗鲁草率、言谈无礼至极、
敬语用得一塌糊涂等理由而被解雇的。

---

① 伊凡·戈尔（Yvan Goll，1891—1950），德国超现实主义诗人。代表作有《新奥菲斯》
《巴拿马运河》等。——译者注

美浓佯作不知。

过了三天，晚上九点钟左右，美浓十郎突然出现在阿照家的店门口。

"阿照在吗？我是美浓。"

出来的是一个眼神锐利的消瘦青年。他就是勘藏。

"啊，"勘藏变得严肃起来，"阿照！"他冲里屋喊道。

"告辞。"美浓直接离开了，踉跄着退回街上。街上行人如织。

阿照气喘吁吁地追了上来，绕着美浓走来走去，像要把他的身体缠起来似的，"为什么？你怎么来了？我手脚不干净，是被赶出来的。我家很脏，你很惊讶吧？但是，拜托了，别鄙视我，好吗？我的家人都很善良，都在拼命努力。你在笑吗？为何不说话？"

"原来你有夫婿了。"

"哎呀，我怎么穿成这样，太丢人了。"她突然用老气的口吻嘀咕着，低下头去，"最近，连头发都不怎么扎。"

"你，能和他分手吗？我什么都愿意做，再辛苦我都能忍耐。"

阿照没回答。

"没关系，没关系，"美浓逃一般地加快了脚步，"没关系，不要紧。我们约定吧，谁都别死。话虽如此，我才是那个危险的人。"

两人依旧凝视前方，全力以赴地向前走。就那么走啊，走啊，走了万里之遥。

G

美浓十郎娶了实业家三村圭造的次女阿久，在帝国酒店举办了华丽的婚宴。当时新郎新娘的相片，出现在两三家报纸上。十八岁的新娘子的模样，如月见草般楚楚可怜。

H

大家都过上了幸福的生活。

海鸥

——喁喁可闻。总觉得能听见。

我说海鸥是种哑鸟，多数人都表示"哦，是吗？也许吧"，满不在乎地点头赞同。可这样一来，我反而不知所措，不得不解释称"哎呀，不知怎的，偏就有这种感觉"，不啻承认自己胡说八道。哑巴是可悲的。我有时觉得自己就是一只哑海鸥。

一大把年纪了，却仍很寂寞，在中午摇摇晃晃地走出家门，漫无目的地踢了一脚路上的一块石子，石子向前滚去，我继续走，又轻轻地踢一脚，石子再次向前滚，蓦然回过神，才发现自己是踢了一脚石子便追上去，追上了又把那石子踢得向前滚，就这么两手插在腰带间，像个白痴一样走了两三百米。我果然是个病人吗？我错了吗？我也许误解了小说这东西。我试着小声说了句"嗨哟"，从路中间的水洼上跳了过去。水洼倒映着秋日的蓝天，白云缓缓流动。我觉得那水洼真美。我松了口气，仿佛卸下了重担，直欲开怀大笑，只要这个小水洼在，我的艺术就有了依托。我是不会忘记这个水洼的。

我是个丑陋的男人，似乎没有任何原则。我不过是那个随波逐流、左右摇摆、无力漂浮着的"群集"中的一员。现下，我似乎正坐在一趟速度骇人的列车上。我不知这趟列车将去往何方，还没人告诉我。火车奔驰，轰隆轰隆地奔驰。现在是山中，现在是海滨，现在是铁桥，刚以为要过桥了，它却早已穿过隧道的黑暗，穿过广阔的原野，啊，不停地驶过。我茫然迎送着窗外飞来又飞走的风景。用手指在窗玻璃上涂鸦，画出一个人的侧脸，然后很快擦去。太阳落山了，车厢里的昏暗的小电灯泡，忽地亮了。我打开火车供应的寒酸的盒饭，干巴巴地吃了起来。甜烹海味饭并不可口，但我还是一粒不剩都吃完了，又抽了一支九分钱的金蝙蝠香烟。夜深了，得去睡觉。我躺下了。枕头底下，传来车轮疾驰的骇人号叫。但我必须睡觉。闭眼。现在是山中，现在是海滨——童女哀声歌唱，歌声从车轮怒号的深处传来。

热爱祖国的激情，谁没有呢？但我说不出口。我不能毫无愧疚地大声宣言。我曾躲在人群后头，偷偷窥望出征的士兵，低声抽泣不已。我是丙等兵，生来体格低劣。练单杠时，我只能就那么一直吊着，什么技巧和动作也做不出来。就连广播体操，我也做不到让自己满意。低劣的不仅仅是体格，我的精神也很薄弱。我很没用。我没有指导别人的能力。我似乎悄然爱着祖国，这份爱不输给任何人，但我什么也说不出口。总觉得"我也有真爱"的宣言已经来到了喉咙处，却说不出口。不是明知道却不说。感觉它似乎已到了喉咙，却怎么也出不来。我觉得它似乎真是一句很好的话，而我现在也想牢牢地抓住这句话，但我越是着急，那句话就越是东奔西窜，滑不溜手。我面红耳赤，像个无能之辈，茫然呆立。一句爱国诗也写不出来。什么都写不出来。有一天，我下定决心吐出的一句话，竟是根本不像话的"死吧！万岁"。不知道除了死给别人看之外还有什么忠诚方法的我，果然是个土里土气的笨蛋。

我是个矮小无力的市民。我做了一个寒酸的慰问袋，让妻子拿去邮局。从前线寄来了郑重的收取通知。读过之后，我自觉脸上冒火。太惭愧了。可谓实实在在的"惶恐"。我什么也做不了。我没有半句毅然决然的豪言壮语。不知为何，我不能毫无愧疚地说出热爱祖国的宣言。我只是悄悄地给前线的朋友们写了一封卑屈的信而已。（我现在什么都想实话实说）我的慰问信实在蹩脚，谎话连篇，还有连自己都为之目瞪口呆的令人肉麻、惹人生厌的恭维话。这是怎么回事？为何我对前线的人如此卑躬屈膝？我不是也应该豁出性命去努力留下好的艺术吗？连那仅有的一点微不足道的骄傲，我都要舍弃。从前线也寄来了小说的原稿，让我介绍给杂志社。那些原稿写在皱巴巴的洋笺上，字迹小如米粒，既有相当长的长篇，也有不足两页的短篇。我都认真读了。写得不好。写在纸上的战地风景，半点也未超出我在陋屋桌上以手托腮空想出的风景。新的感动，在那些原稿中未见分毫。尽管其中写着"我很感动"，但那只是承教于俗套的不良文学，以为只要在这种地方，以这样的方式感动一下，就能像小说一样，实则尽是"拼凑"出的玩意，浅尝辄止，感动肤浅。光是想想士兵们在泥泞中流血流汗，我就能从肉体上充分感受到他们的辛苦，崇敬得几乎说不出话来。甚至连使用"崇敬"一词，亦觉败兴，说不出口。无话可说。我能做的，唯有蹲下来在沙子上以指写字，然后擦去，再写再擦去。什么也说不出来，什么也写不出来。但在艺术领域，则有所不同。一个牙齿缺残、腰背佝偻、深受哮喘折磨却仍在昏暗的小巷里竭尽全力拉小提琴的不像样子的街头乐师，诸君能嘲笑这样一位老翁吗？我认为自己和他差不多。在社会上，从一开始我就已是残兵败将。但在艺术上，则有所不同。我说这话也很难为情，但我想凭一腔痴念去探究个明白。我认为它足以作为男人一生的事业。街头乐师有街头乐师的王国。我读了士兵写的若干小说，觉得不行。也许我对原稿的期待过高了，但我认为，在我们这些身处前线的丙等兵身上，应该存在无论如何也想象不到的全新的感动和思想，一如浩瀚无垠的汪洋大海，那是眼见神明般的永远的战栗和感动。我想让你们告诉我这些。

不必小题大做，动作越小越好。可以寄托于一朵花，叙述自己毫不作伪的感动和祈愿。一定在的。全新的东西就在那里。我可以自豪地说，凭借身为艺术家的小小的直觉，我是知道的。但我不能具体地说出来，因为我不了解前线。我不是那种只靠瞎猜就敢像煞有介事地描写自己从未体验过的生活情感的不逊之人。不，不，也许是我没有才能，不是自己亲手摸索到的东西，就绝对写不出来。我只能在我有所确信的小世界里脚踏实地前行，除此之外别无他法。我清楚自己的"斤两"。前线的事，只能全部交给前线的人。

我读了士兵的小说，很遗憾，写得并不好。他们绝口不谈自己的所见所闻，却用以前学自不良文学的语言来讲述战争。因为有人并不了解战争却敢谈论战争，竟还在内地博得了可笑的喝彩，所以连熟悉战争的士兵们都在模仿这种风格。不了解战争的人，不要写战争。不要多管闲事，不然反而碍事。我读了士兵的小说，对内地那些"只在望远镜里见过战争就敢描写战争的人"感到难以忍受的憎恶。你们自鸣得意的文学，摧毁了无垢的士兵们的"视力"。这些话只能对内地的文人们说，对前线的士兵，我什么也说不出。想必他们是在累得筋疲力尽后稍得小闲时，在烛光下奋笔疾书写成的吧。一想到这个场景，艺术哪里还能这样那样地展开自己的美学呢。附在原稿中的信上写着：我这条命有今天没明天，所以请多关照。恕我冒昧，我将那篇小说做了少许改动（尽管我本无资格这么做），然后吩咐妻子，把那些皱巴巴的洋笺上的文字誊写在四百字一页的稿纸上。三十多页，是最长的。我把它推荐给各家职业杂志。我提笔写下："我认为写得格外坦诚，是一篇好作品，因此还请多多关照。像我这样的无德之人，推荐士兵的原稿，在您看来或感唐突，但人的真情自然另当别论，即便是我……"最终栽了跟头。什么叫"即便是我"？谎言也该适可而止。你现在就是个废人，自己不知道吗？

我知道。纵然迫不得已，纵然极不情愿，我终归是知道的。正因如此，我才栽了跟头。五年前，我曾有过半癫狂的一段时期。病好后一出院，我就发现自己正孤零零地站在大火烧过的原野上。什么都没有。除了身上的衣服，是不折不扣的一无所有。唯一有的，便是一笔未还的借款。雷落茅舍毁，但余葫芦花①。古人诗句中的酸楚，我有痛彻心扉的了解。我甚至被剥夺了做人的资格。

我现在不能在写作中夸大事实。我写得足够小心，所以我想，读者是可以信任我的。我最讨厌别人说"又是自命不凡的夸饰法吗"，以此对我嗤之以鼻。当时，别人根本没把我当回事。不管我说什么，别人都会用古怪的眼神偷瞄我，然后不再

---

① 日本俳句宗师与谢芜村所作。——译者注

理会。据说，关于我的种种传说和讽刺画，伴随着狡猾而轻侮的蔑笑，被人们竞相传播，而我当时一无所知，只在街头徘徊。过了一年、两年，即便愚钝如我，也一点点明白了事情的真相。根据别人的传言，我完全是个疯子，而且生下来就是个疯子。自从知晓以后，我就成了哑巴，变得不想见人，什么也不想说。无论别人说什么，我只在表面显露微笑。

我变得温柔了。

自那时起到现在，已经过去五年了。直到现在，人们似乎仍以为我是个半疯之人。只听过我的名字以及与这名字相关的传说而从未见过我的人，在某次聚会上，用难以形容的无礼且令人不快的目光，一瞥一瞥地观察我，像在看什么不可思议的东西一样，而我对此一清二楚。有一次，我刚站到厕所里，就听有人在我身后大声说："真没想到，太宰那家伙好像也没有多古怪嘛。"我每次都觉得纳闷。我早就死了，你们却没发现。只余我的灵魂，仍在苟活。

我现在不是人，而是一种名为艺术家的奇怪的动物。我要把这具死尸撑到六十岁，养成一个大作家给诸位过目。别妄图查明那具尸骸笔下的秘密，也别想模仿那个鬼魂所写的文字，那将注定是徒劳。最好还是放弃吧。好像也有朋友在小声嘀咕，说微笑的我是"太宰老糊涂"了。没错，我是糊涂了，但是，——说到这里，后面的不说了。唯独这句话请务必相信："我不会背叛你。"

自我已然丧失，而且——说到这里，后面的也不想说了。还能再说一句：不信我的都是笨蛋。

好了，说回士兵的原稿，我强忍着难为情拜托编辑。偶尔他们也会发表。当我看到该杂志的广告登在报纸上，那个士兵的名字也和优秀的小说家的名字并列在一起时，我比六年前自己的小短文首次被某文艺杂志发表时还要倍感高兴。我很感激，立刻向编辑致以千万遍的道谢。我剪下报纸上的广告寄去前线。幸不辱命。这是我竭尽全力的效劳。从前线也寄来了天真无邪的信，信中高呼万岁。没过多久，那名士兵留家的妻子也寄来了感谢信，信中所言令我不胜惶恐。后方奉公。如何？这样一来我还是颓废派吗？这样一来我还是恶德者吗？怎么样？

然而，这些话我对谁都说不出口。仔细一想，那是妇女应尽的奉公之责，并不值得夸耀。我仍像个傻瓜一样，写着所谓"游戏文学"，似乎脱离了时代的潮流。我清楚自己的"斤两"。我是个矮小的市民，对于时代的潮流，无力发出任何号令。甚至，孤寂的我时常漫无目的地走出家门，一路脚踢石子前行。我果然还是病了吗？我对小说这东西理解错了吗？我一筹莫展。不，纵然我试图否定，却想不出有什么能给自己增加信心，值得大书特书。没有坚定确实的话语，每每似已来到喉咙处，却又弄不明白。我是个漂泊之民，随波逐流，始终孤独。吆喝着

"嗨哟"跳过水洼，松了口气。水洼倒映着秋日的蓝天，白云流动。悲哀地舒了口气，我掉头回家。

回到家里，杂志社的人正在等我。这些天，常有杂志社和报社的人来看望我。我家在三鹰很靠后很靠后的田地里，他们几乎花去一整天寻找我的陋屋，边擦汗边说"哎呀，可真远啊"。而我是个不流行的无名作家，所以每次都很惶恐。

"病已好了吗？"起头必定先被问到这个问题。我都习惯了。

"嗯，身子骨比常人结实。"

"到底怎么回事？"

"都是五年前的事了。"我这般回答，装作若无其事。我不想回答我当初疯了。

"有传言说，"对方坦白了，"情况相当糟糕。"

"喝着喝着酒就好了。"

"那就怪了。"

"怎么了？"主人也和客人一同感到不可思议，"也可能还没好，但我就当它好了。说起来我真是海量。"

"你喝很多酒？"

"和常人差不多。"

这些对答，算是尚能应付，但之后就渐渐不行了，变得语无伦次。

"你怎么看？对于最近别人的小说，你是怎么看的？"听到这个问题，我顿时慌了。我没有任何毅然的话语可以回答。

"这个嘛，我没怎么读过，有什么好作品吗？倘若读了，大抵会感到佩服吧，总之，大家都能写得很好很顺畅，我甚至觉得不可思议。不是讽刺。看来身子骨都很结实啊。大家真的都写得很顺畅。"

"A先生的那篇作品读了吗？"

"读了，我收到了杂志。"

"难道写得不糟糕吗？"

"怎么说呢，在我看来还挺有趣。不是还有很多更糟糕的作品吗？我觉得没什么特别该指责的。至于写得怎么样，我还真不太了解。"我的回答并非出于狡猾之心才如此模棱两可，而是因为卑屈之心才这般含糊其词。我觉得大家都比我了不起，反正我知道每个人都在拼死拼活、竭尽全力地活着，我什么也说不出口。

"B先生你认识吗？"

"嗯，认识。"

"这次我们决定请他写一篇小说。"

"啊，那太好了。B先生人非常好，请务必向他邀稿。我想，他现在一定能写出很优秀的作品。我以前也受过B先生的关照。"我欠他钱。

"你呢？你能写吗？"

"我不行。完全不行。我写得太蹩脚了。有时候讲恋爱故事，讲着讲着，却变成了演说的口吻，一个人在那里傻笑。"

"别开玩笑了，你至今都是年青一代的领头羊吧？"

"不是开玩笑。最近我简直成了浮士德。那位老博士在书房里的自言自语，我开始懂了。垂垂老矣。听说拿破仑年过三十，就已声称老夫余生如何如何，教人失笑。"

"你从自身上感受到了余生？"

"我不是拿破仑，怎么会呢，完全不是那样的，不过有时我的确会突然感受到余生。我怎会像浮士德博士那样呢，我又没读过万卷书，不过我的确曾突然感受到与之相似的虚无。"完全语无伦次了。

"那岂不是没办法了。恕我冒昧，你多大了？"

"我三十一岁。"

"这么说，比 C 先生还小一岁。无论什么时候见到 C 先生，我看他都很有精神。谈起文学论也好什么也好，他都口若悬河。他的眼睛真的很好。"

"是啊，C 先生是我高中的前辈，他的眼睛总是显得湿润而热情。他今后也会不断地写下去吧。我喜欢他这个人。"五年前，我也给 C 先生添了很大的麻烦。

"你究竟……"客人似乎也被我的含糊其词惹恼了，一改先前的语气，"对写小说抱有怎样的信条？比如说，人性、爱、社会正义、美之类的，有什么东西是你从登上文坛直到现在，并且今后也会继续坚持下去的吗？"

"有，是悔恨，"这次我毫不迟疑，当即做出了斩钉截铁的回答，"没有悔恨的文学，狗屁不是。悔恨、自白、反省，应该就是从这些东西中诞生了近代文学，不，是近代精神。所以——"我又结巴了。

"原来如此，"对方也将身子探了过来，"那样的潮流，现在已从文坛消失了呢。如此说来，你想必喜欢梶井基次郎①等人吧。"

"最近不知为何，越来越怀旧了。也许我是个老古董吧。我半点也无意夸耀自己的心。别说夸耀了，我实在觉得我的心很讨厌并为之羞耻。我虽不知'宿业'一词究竟是何含义，但我从自身上感受到了与之相近的东西。倘以'罪之子'自称，我又不想让自己听上去像个牧师，该怎么说呢，是我意识到，我做过坏事，我是个卑污的家伙。这种意识怎么也摆脱不掉，所以我总是很卑屈，连我自己都为之叹服，不过——"说到这里，又说不下去了，我本想说说《圣经》，说它救过我，但实在太难为情，说不出口。生命岂非胜于食粮，身体岂非胜于衣服。看

① 梶井基次郎（1901—1932），日本小说家。自高中时患上肺结核病，其作品以冷静而敏感的自我审视为特征。——译者注

那空中飞鸟，不播，不刈，不收仓。想想野百合是如何生长的，不劳，不纺，然而极尽荣华的所罗门，其身上的衣服连一朵花也不如。便是今日活着明日即被投入火炉的野草，神亦将它如此装扮，况汝等乎？汝等岂非远胜之。基督的这句安慰，曾给了我"不摆姿势"地活着的力量。但我现在太难为情，怎么也说不出口。所谓信仰，默然、悄然持有的才是真信仰，难道不是吗？我甚至很难说出"信仰"二字。

后来，我们又聊了许多别的话题，但来客似乎对我的思想的不干脆非常失望，开始准备离开了。我由衷地感到抱歉。我苦思冥想是否有干脆利落的好话可说，但什么都没有。我仍旧一脸茫然。来客定是怀着让我有点出息的打算来看望我的，对于他的厚意，我一清二楚，而这使我更加受不了自己的丑态。客人走了，我怔怔地坐在书桌前，望着暮色中的武藏野的田地。没什么特别的感慨，只感觉到了无法忍受的孤寂。

"你同告你的对头还在路上，就赶紧与他和解。恐怕他把你送给审判官，审判官交付衙役，你就下在监里了。我实在告诉你，若有一文钱没还清，你断不能从那里出来（马太福音第五章第二十五、二十六节）。"我忽然想，这对我来说，莫非是地狱再度降临？我深感不安，仿佛能听到从地底传来可怕的轰鸣声。仅我如此吗？

"喂，给我一些钱。你有多少？"

"好吧，我有四五元。"

"我可以花掉吗？"

"嗯，请留一点。"

"知道。我会在九点钟之前回来。"

我从妻子手中接过钱包，走出家门。天已黑了下来，雾蒙蒙的。

我走进三鹰站附近的一家寿司店。上酒。——多么不争气的一句话。上酒。——多么腐旧的陈词滥调。至今为止，我恐怕已将这句话重复了成百上千次吧。这是无知而肮脏的一句话。以当下的时势，若还存在把"痛苦"一词挂在嘴边，吃酒装深刻，并且为之沾沾自喜的青年，我就揍他，毫不犹豫地揍他。可是，现在的我，与那样的青年，又有何区别呢？岂非一模一样。正因为上了年纪，所以更不干净。真是自命不凡啊。

我肃容喝酒。至今为止，恐怕已喝掉成千上万升酒了吧。一边想着"不喝了，不喝了"，一边不停往嘴里灌。我是讨厌酒的。我虽喝酒，但从不觉得好喝。发苦，不想喝，我想停下来。我觉得饮酒是一种罪恶，显然是一种恶习。可是，酒帮了我，这一点我没忘。既然我是由恶习聚合而成，则或许可以毒攻毒。酒制止了我的发狂，使我免于自杀。我是个卑屈的弱者，倘不借酒来稍微遮掩自己的想法，甚至不能很好地与朋友交谈。

有点醉了。寿司店的女招待今年二十七岁，据说结过一次婚又离了，现下在这里工作。

"老爷，"她唤了我一声，来到桌前，表情认真，"我接下来要说的话，听上去可能有点奇怪。"说到这里，她突然回头朝账房的方向看了一眼，然后压低声音道："在老爷的熟人里，有没有会要我这样的？"

我重新看了看女招待的脸。女招待依旧一脸严肃，丝毫不见笑意。她本是个正派而严肃的女招待，莫非是在捉弄我吗？

"不好说，"我也不得不认真考虑了，"也许不是没有，但拜托我这样的人做这种事，却是没什么用啊。"

"是的，但我打算请所有熟客都帮帮忙。"

"怪了。"我笑了一下。

女招待也在半边脸颊上露出微笑，"岁数越来越大了嘛。我不是第一次了，所以对方老一点也没关系。我没抱什么奢望。"

"可我没什么头绪啊。"

"嗯，也不是太急，请您帮我留意便是。对了，我有名片，"她慌忙从袖兜里掏出一张小小的名片，"背面写有这里的地址，您若找到了合适的人选，麻烦您用明信片或其他方式通知我。真的麻烦您了。就算对方有几个孩子，我也不介意，真的。"

我默默地接过名片，装进袖兜，"我会找找看，但不能保证什么。结账吧。"

离开寿司店，回家的一路上，我的心情都很古怪。我觉得我见到了现代风潮的一角。这是一个严肃到令人大觉扫兴的世纪，教人无可奈何。回到家里，我又成了哑巴，一言不发地将轻了几分的钱包递给妻子，想说点什么，却无话可说。吃完茶泡饭，读了晚报。火车奔驰。现在是山中，现在是海滨，现在是铁桥，刚以为要过桥了，——童女的歌声，哀婉可闻。

"喂，炭的事情不要紧吧？听说要用光了。"

"应该没事吧。报纸只会大惊小怪。车到山前必有路嘛。"

"是吗？给我铺床吧。今晚不工作了。"

酒已醒。我是那种一旦醒酒就很难入睡的人。我一头躺倒，发出夸张的巨响，又读起晚报来。突然，晚报上现出无数个卑屈的笑脸，瞬间又消失了。我心想，大家都很卑屈吧，任谁都没有自信吧。我扔掉晚报，两手紧紧按住眼睛，几乎要把眼珠挤碎。我有一种迷信，以为这样一来，就会生出睡意。我想起今早的水洼。只要那个水洼在——我心想。我强迫自己相信这一点。我果然是那街头乐师。纵然丢人现眼，我可能也别无选择，只能继续拉我的小提琴。至于火车的去向，交给志士去想好了。"等待"一词，突然被大书特书，在额前闪闪发光。等待什么呢？我不知道。但是，这个词很宝贵。哑海鸥一边想着，在海面上彷徨，一边继续无言地彷徨着。

快跑！梅洛斯

梅洛斯震怒了，他决意除掉那个奸邪暴虐的国王。梅洛斯不懂政治，他是村里的牧人，一辈子只会吹笛子和羊玩耍，但对于邪恶，他比常人倍加敏感。今日拂晓时分，梅洛斯从村子出发，穿过田野，翻山越岭，来到七十多里之外的锡拉库萨城。梅洛斯无父无母，也没老婆，和十六岁的内向的妹妹一起生活。这个妹妹最近同村里一个忠厚老实的牧人订了婚，很快就将举办婚礼，为此，梅洛斯长途跋涉来到这座遥远的城市，购买新娘的衣裳和婚宴的佳肴。他先买齐了那些东西，然后在城里的大路上闲逛。梅洛斯有位竹马之友，叫塞利农提斯，如今在这锡拉库萨城做石匠，梅洛斯打算接下来就去拜访这位朋友。二人已经很久未见了，所以他对此行十分期待。走着走着，梅洛斯发觉街上的情形很奇怪，阒然无声。太阳早已落山，街上自然昏暗，但这片寂静，似乎不仅仅是黑夜的缘故，更因为整座城市都陷入了死寂。悠闲的梅洛斯也渐渐不安起来。他抓住一个在路上遇到的小伙子，问道："发生什么事了？两年前我来这里时，晚上大家仍在唱歌，街上十分热闹。"小伙子摇头不答。走出一段路，遇到一位老翁，这次他用更强烈的语气询问对方。老翁也没回答。梅洛斯用双手摇晃老翁的身体反复询问，老翁显然有所顾忌，只低声答了一句：

"国王要杀人。"

"为何要杀人？"

"说是他长了一颗黑心，可是谁能长出黑心来呢？"

"他杀了很多人吗？"

"是的，国王先是杀了妹夫，然后杀了他自己的子嗣，然后是妹妹，然后是妹妹的儿子，然后是王后，然后是贤臣阿勒基斯。"

"太可怕了。国王发疯了？"

"不，不是发疯，是他不能相信别人。最近，他连臣下的心也开始怀疑，谁生活过得稍微奢华了点，排场稍大一点，他就命令谁交出一个人质。一旦抗命，就会被钉上十字架杀死。今天有六个人被杀了。"

梅洛斯一听，顿时勃然大怒："可恶的国王，不能让他活着。"

梅洛斯是个单纯的人。他背着买来的东西，慢吞吞地直接进了王宫，当即被巡逻的警吏逮捕了。经过搜查，在梅洛斯怀中发现了一把匕首，事情闹大了。梅洛斯被带到了国王面前。

"你打算用这把匕首做什么？说！"暴君狄奥尼斯以平静但充满威严的口吻逼问道。这位国王脸色苍白，眉间的皱纹极深，仿佛刀刻斧凿而成。

"我要从暴君手中拯救这座城市。"梅洛斯毫不怯惧地答道。

"你？"国王笑道，"真是个教人无奈的家伙。你不懂朕的孤独。"

"住口！"梅洛斯激愤地反驳道，"怀疑人心，是最可耻的恶德。身为国王，怎能连人民的忠诚都去怀疑？"

"怀疑是正当的思想准备，是你们教会朕的。人心靠不住，人本就是由一大团私欲构成的，不可相信，"暴君平静地嘀咕着，叹了口气，"朕也希望和平。"

"为了什么和平，为了保住自己的地位吗？"这回换成梅洛斯嘲笑道，"杀死无辜之人，何来和平可言？"

"闭嘴，下贱之人。"国王猛然抬头反驳道，"凡事口说最易，什么漂亮话都讲得。朕已将人肚子里藏得最深的那些花花肠子都看透了。等你身受磔刑，哭着道歉求朕也没用。"

"啊，国王真机灵，你尽可自大，我早已有了死的觉悟，决不求饶，只不过——"说到这里，梅洛斯将视线落在脚下，瞬间犹豫了，"只不过，你若想同情于我，就请在行刑前给我三天时间，我想让我唯一的妹妹能有一个丈夫。三天之内，我会在村里举办婚礼，然后一定回来这里。"

"愚蠢。"暴君用嘶哑的声音低笑道，"别撒弥天大谎了。你是说逃掉的小鸟还会回来吗？"

"是的，我会回来。"梅洛斯拼命坚持道，"我会遵守约定。请宽恕我三天时间，就三天，妹妹在等我回去。你若如此不相信我，好，这座城市里有一个叫塞利农提斯的石匠，是我独一无二的朋友，我把他作为人质留在这里。我若逃走，到第三天日暮时还没回来，你就绞杀我的朋友。求你了，请答应我。"

听了这话，国王怀着残虐的心态，暗自窃笑。别大言不惭了，反正肯定不会回来。假装上了这个骗子的当将他放走，倒也有趣，然后在第三天杀掉替他的人，活该。我要神色悲痛地将那替他的人处以磔刑，让对方知道人是不可信的，让世上那些所谓正直的家伙都瞧一瞧。

"朕听到了你的请求，你可以叫替你的人来。在第三天日落前回来，迟了朕就杀他。你尽可迟些回来，朕将永远宽恕你的罪过。"

"什么？您说什么？"

"哈哈。你若珍惜你的生命，就迟些回来。朕知道你心里在想什么。"

梅洛斯气愤得直跺脚，话也不想说了。

竹马之友塞利农提斯深夜被召入王宫。在暴君狄奥尼斯面前，两个好友时隔两年再次相见。梅洛斯向朋友讲述了一切事情。塞利农提斯默默地点了点头，紧紧地抱住了梅洛斯。朋友之间，如此足矣。塞利农提斯被捆了起来。梅洛斯立刻出发了。初夏，满天繁星。

梅洛斯当晚一觉没睡，匆匆赶了七十多里路，回到村里已是第二天上午，日头高挂，村民们下到田里开始了工作。梅洛斯的十六岁的妹妹，今天也代哥哥看守着羊群。她见到蹒跚走来的哥哥那疲惫不堪的模样，大吃了一惊，不停吵着问哥哥怎么回事。

"没什么，"梅洛斯努力试图强颜欢笑，"我在城里还有事先回来了，很快就得回去。明天为你举办婚礼，还是早点办了的好。"

妹妹两颊绯红。

"开心吗？我还买来了漂亮的衣裳。好了，接下来你去通知村里的人，就说婚礼定在明天。"

梅洛斯又跟跟跄跄地迈步回到家里，装饰了众神的祭坛，备好了婚宴的酒席，不久便倒在地上，陷入了连呼吸都微不可闻的沉睡之中。

醒来已是夜里。梅洛斯爬起身，立刻去了新郎家，说道："我有点事情，请在明天举行婚礼。"牧人新郎惊讶地回答说："那可不行，我还什么也没准备呢，等到葡萄成熟的季节再办吧。"梅洛斯进一步强调道："不能等了，无论如何都得在明天举办。"牧人新郎也很顽强，怎么都不肯答应。一直争论到天亮，梅洛斯总算安抚并说服了新郎。婚礼在正午举行了。当新郎新娘向众神宣誓完毕时，乌云遮住了天空，淅淅沥沥地下起了雨，很快就变成了瓢泼大雨。出席婚宴的村民们感到有些不祥，尽管如此，他们还是各自打起精神，在狭小的房屋里忍受着闷热，欢快地唱着歌，拍着手。梅洛斯也满脸喜色，一时甚至忘记了和国王的约定。入夜后，喜宴变得越发混乱热闹，人们完全不在乎外面的暴雨。梅洛斯想永远就这样待在这里。他希望一辈子都能和这些好人一起生活下去，可是现在，自己的身体已经不属于自己，无法如愿了。梅洛斯鞭策自己，终于决定出发。离明天日落，还有足够的时间。他心想，先小憩一会儿，然后马上出发。尽管此时雨也变小了，但他迟迟不愿离开这个家，哪怕多逗留片刻也好。像梅洛斯这样的男人，果然也有留恋之情。

梅洛斯来到今晚一直发愣、似乎已沉醉在欢喜之中的新娘身旁："恭喜。我累了，想睡一觉，抱歉。睡醒就得马上进城，有重要的事情要做。就算我不在，你也已经有了温柔的丈夫，绝不会寂寞。你哥我最讨厌的，就是怀疑别人，还有撒谎，你也知道。和丈夫之间，不可以制造任何秘密。我想对你说的，只有这个。你哥我大概算是个了不起的男人，所以你也要感到骄傲。"

新娘如在梦中地点了点头。

梅洛斯接着拍了拍新郎的肩膀："我们两家彼此都没准备。我家要说宝物，除了妹妹和羊，就没别的了。都给你了。还有一件事，你要为自己成了梅洛斯的妹夫而自豪。"

新郎搓着手，很腼腆。梅洛斯笑着向村民们点头致意，离开宴席，钻进羊圈，像死了一样沉沉睡去。

醒来已是翌日黎明时分。梅洛斯一跃而起，糟了，睡过头了吗？不，还来得及，只要现在马上出发，完全赶得上约定的时限。今天定要让那个国王见识到人的信用与诚实，然后笑着登上磔台。梅洛斯从容不迫地开始打扮。雨也似乎小了许多。准备好了。梅洛斯用力挥动双臂，如箭一般冲入雨中。

我今晚会被杀死。我是奔着被杀去的，这般奔跑，是为了营救替我的朋友，是为了打败奸诈邪恶的国王。必须跑。然后，我就会被杀死。人从年轻时起就要捍卫名誉。别了，故乡。年轻的梅洛斯很痛苦，多次差点停下来。他一边"哎、哎"地大声呵斥自己，一边奔跑，跑出村子，越过原野，穿过森林，到达邻村时，雨也停了，日头高挂，渐渐热了起来。梅洛斯用拳头拭去额上的汗水，心想：到这里就没问题了，对故乡已不再留恋。妹妹和妹夫必定会成为一对佳偶。我现在应该没有任何顾虑了，一直去到王宫就行，没必要如此着急，慢慢走吧。他恢复了无忧无虑的本性，用悦耳的声音唱起了喜欢的小曲。溜溜达达地走出十五里地、二十里地，当走到全程的近一半时，灾难突然降临，梅洛斯的脚步猛地停了下来。看啊，前方那条河。因昨日的暴雨，山中的水源地泛滥，浊流滔滔，汇聚在下游一处，然后以凶猛的势头一举冲毁桥梁，轰鸣阵阵的激流，不费吹灰之力便将桥桁掀翻，像拂开树叶微尘一样轻易。他茫然呆立，四下环望，竭力疾呼，可是所有的泊舟都被水浪冲走不见了踪影，也看不到艄公的身影。洪流越发膨胀，变得犹如大海一般。梅洛斯蹲在河岸上，一边流下男儿泪，一边举手哀求宙斯："啊，快镇压吧，将这汹涌狂暴的洪流！时间每时每刻都在流逝。看日头也已是正午了，在太阳落山之前，我若不能赶到王宫，那位好朋友就会因我而死。"

　　浊流越发激烈地狂舞，仿佛在嘲笑梅洛斯的呐喊。一个浪头吞没一个浪头，又卷起一个浪头，再将这浪头掀得老高，而时间每时每刻都在消逝。现在梅洛斯也觉悟了，只能游过去，此外别无他法。啊，诸神明鉴！现在正是发挥不输于浊流的爱与诚的伟大力量的时候。梅洛斯扑通一声跃入激流，面对如百条大蛇痛苦翻滚般的汹涌巨浪，开始了殊死的搏斗。他将全身的力气注入手臂，反复拨开蜂拥而至的漩涡和呼啸而过的水流，那不顾一切勇猛奋斗的人之子的身姿，或许令神也觉得可怜，终于降下了怜悯。尽管被水冲走，但他成功地搂住了对岸的树干。感谢。梅洛斯像马一样用力抖了抖身子，便立刻继续匆匆赶路。一刻也不能浪费，日头已然西斜。他气喘吁吁地爬上垭口，翻过山去，松了口气，就在这时，突然，眼前跳出了一队山贼。

"站住。"

"你们做什么？我必须在太阳落山前赶到王宫，放我走。"

"哼，不放。把东西都交出来。"

"我除了这条命一无所有。连这仅有的性命，接下来也要交给国王。"

"我们就想要你的命。"

"这么说，你们是奉了国王的命令在这里埋伏我喽。"

众山贼一言不发，齐齐举起了棍棒。梅洛斯大喝一声，弓身拧腰，如飞鸟般袭向近旁一人，夺下对方手中的棍棒，大声喊道："抱歉，为了正义！"同时猛然一击，顷刻间便打倒了三个人，趁余者怯阵之际，快步奔下了垭口。他一口气跑下垭口，但还是太疲劳了，又不巧正赶上午后灼热的阳光直直照来，梅洛斯无数次感到眩晕，他心想，这可不行，便重新振作精神，跟跟跄跄地走了两三步，终于双腿一软，无力地跪倒在地。站不起来。他仰天长泣，懊悔不迭。啊，啊，游过浊流、击倒三个山贼、一路飞奔突破至此的梅洛斯啊，真正的勇者梅洛斯啊，你此刻居然在这里筋疲力尽动弹不得，教人情何以堪。你的挚友只因为相信你，很快就要死了，而你正如国王所料，是举世罕见的无信之人。梅洛斯试着如此痛骂自己，但他仍浑身疲惫无力，连像毛虫一样爬行前进都做不到。他一头栽倒在路边的草地上。身体一旦疲劳，精神也会受到影响。已经无所谓了——这一与勇者不相称的怄气的性子，盘踞在心灵一隅。我已经这么努力了，我丝毫也没有违约的念头。神亦明鉴，我已经尽力了，我都跑到动不了了，我并非无信之徒。啊，若有可能，我想剖开我的胸膛，掏出血红的心脏给您过目。我想向您展示我这颗只靠爱与诚实的血液驱动的心脏。然而当此紧要关头，我却精疲力竭了。我是个好生不幸的人。我定会遭人嘲笑，我一家人也会被人嘲笑。我欺骗了朋友。中途倒下，与一开始就什么也没做无异。啊，已经无所谓了，也许这就是我注定的命运。塞利农提斯啊，请原谅我。你始终相信我，我也从未骗过你，我们真的是一对良友。我们彼此的心里，从不曾被疑虑的阴云笼罩。便是现在，你想必也在一心一意地等我。啊，你一定在等着我呢。谢谢，塞利农提斯，谢谢你相信我。一想到这个，我就受不了。因为朋友之间的信用与诚实，是这世上最值得夸耀的珍宝。塞利农提斯，我是跑了的。我丝毫没想过要欺骗你，相信我！我是火急火燎赶到这里的。我突破了浊流，还从山贼的包围中顺利逃脱，一口气跑下了垭口。因为是我，所以做到了。啊，再不要指望我了。别管我了。无所谓了。我输了。没脸见人。嘲笑我吧。国王曾对我耳语，让我来迟一些。他承诺，我若迟到，他就杀死替罪者并放过我。我痛恨国王的卑劣，但现在看来，我已经由他摆布了。我大概会迟到吧。国王大概会自以为是地嘲笑我，然后若无其事地释放我吧。那样一来，我将比死了更痛苦。我将永远是个叛徒，是天下最不光彩的人种。塞利农提斯啊，我也会死的，让我和你一起死吧。唯独你肯定是相信我的。不，那也是我自以为是了吗？啊，干脆作为恶德者活下去吧。村里有我的家，有我的羊，妹妹和妹夫应该不会把我赶出村子。什么正义啦、诚实啦、爱啦，仔细一想，都很无聊。杀人活己——这不就是人类世界的定规吗？啊，一切都很荒唐。我是丑陋的叛徒。什么都随便好了。已矣哉。——梅洛斯摊开四肢，迷迷糊糊地打起了瞌睡。

突然，耳中响起潺潺的流水声。梅洛斯轻轻抬起头，屏住呼吸侧耳倾听。就在脚下，似乎有水流淌。他踉跄起身一看，只见从岩石的裂缝中，滚滚涌出一股清泉，那幽幽的水声，仿佛在私语着什么。梅洛斯像要被那泉水吸进去似的，俯下身去，用双手掬起一捧水，喝了一口，长长地吁出一口气，感觉如梦初醒。能走了，上路吧。随着肉体疲劳的恢复，一丝希望悄然萌生。那是履行义务的希望，是杀身守信的希望。斜阳将红光投射在树叶上，叶子和枝条熠熠生辉，仿佛眼看就要燃烧起来。离太阳落山还有一段时间。有人在等我。有人毫不怀疑，静静地期待着我。有人相信我。我的性命不是问题。我说不出以死谢罪之类的漂亮话。我必须回报信赖，这是当下唯一重要的事。快跑！梅洛斯。

有人信赖我，有人信赖我。方才那恶魔的低语，只是个梦，是个噩梦。忘掉吧。当五脏疲劳时，就会突然做那种噩梦。梅洛斯，那不是你的耻辱，你仍是真正的勇者。这不是又能站起来跑了吗？感谢！我能作为正义之士死去了。啊，太阳要落山了，沉得那么快。等等，宙斯啊，我生来就是个正直的人，请让我仍以正直之身死去吧。

梅洛斯或推或撞，清开路上的行人，像一团黑风般飞奔。原野上正在举办酒宴，他从宴席当中径直冲了过去，令席间众人目瞪口呆。他踢开挡路的狗，跃过小河，跑得比一点点下沉的太阳快上十倍。同一群旅人擦肩而过的瞬间，他无意中听到了不祥的对话。"现在，那个男人也要被处以磔刑了。"啊，那个男人，那个男人，我这般奔跑正是为了他。不能让他死。快点，梅洛斯，别迟到。现在正是展现爱与诚的力量的时候，仪态什么的，都无所谓。梅洛斯现在几乎完全赤裸，气也喘不过来，两三次口喷鲜血。看得见，在遥远的对面，看得见锡拉库萨城的小小的塔楼。塔楼沐浴着夕照，闪闪发光。

"啊，梅洛斯先生。"一个呻吟般的声音随风传来。

"谁？"梅洛斯边跑边问。

"我是菲洛斯特拉托斯，是您的朋友塞利农提斯的弟子。"那个年轻的石匠也跟着梅洛斯跑了起来，边跑边喊，"已经没用了，只是徒劳。请别跑了，已经救不了他了。"

"不，太阳还没落山。"

"眼下他就要被处死了。唉，你来迟了，我恨你，为何不再提前一点！"

"不，太阳还没落山。"梅洛斯直勾勾地盯着又红又大的夕阳，心都要碎了。他只能跑，此外别无选择。

"请停下吧，别再跑了。现在您自己的性命更重要。他一直都相信你，即使已被押上刑场，他也毫不在意。纵然国王百般嘲笑他，他也只回答说梅洛斯会来的，似乎一直保持着坚定的信念。"

"所以我才要跑，因为他相信我。问题不在于是否来得及，也不在于人命的死活，我是为了某种更大、大得惊人的东西而跑的。跟上来！菲洛斯特拉托斯。"

"唉，你疯了吗？既然如此，那就尽力跑吧。说不定还来得及。跑吧。"

自不用说，太阳尚未落山，梅洛斯用尽最后的力气拼死奔跑。他脑中一片空白，什么想法也没有，只是被一种莫名其妙的巨力拖着跑。太阳摇摇晃晃地没入地平线以下，就在最后一片残光也即将消失之际，梅洛斯如疾风般闯进了刑场。赶上了。

"等等，别杀他。梅洛斯回来了，现在如约回来了。"梅洛斯本打算大声向刑场上的群众呼叫，但他的嗓子早已哑了，只能微弱地发出嘶哑的声音，群众没有一个人注意到他的到来。礁柱已被高高竖起，五花大绑的塞利农提斯被缓缓吊起。

梅洛斯见此情形，奋起最后之勇，像先前游过浊流一样拨开一堆堆群众，"是我，刑吏！要杀的人是我梅洛斯。把他当作人质的我，就在这里！"梅洛斯一边用嘶哑的声音竭力喊叫，终于爬上礁台，紧紧抱住了被吊起的朋友的双腿。群众轰动了。"好样儿的！放了他！"人们纷纷叫嚷起来。塞利农提斯的绳子被解开了。

"塞利农提斯。"梅洛斯眼含热泪，"打我，用力打我的脸。我在路上一度做了噩梦。你若不打我，我甚至没资格拥抱你。打。"

塞利农提斯点了点头，仿佛已洞察一切，然后在梅洛斯的右脸颊上打了一拳，声音之大几乎响彻整个刑场。

一拳打完，塞利农提斯温和地微笑道："梅洛斯，打我，以同样大的声音打我的脸。我在这三天里，只略微怀疑过你一次，有生以来头一次怀疑你。你若不打我，我就不能和你拥抱。"

梅洛斯摩拳擦掌，在塞利农提斯脸上打了一拳。

"谢谢你，我的朋友。"二人同时说道，然后紧紧地拥抱在一起，喜极而泣。

人群中也响起唏嘘声。暴君狄奥尼斯从人群后头目不转睛地盯着二人，少顷默默地来到二人近前，红着脸说道："你们的愿望实现了，你们战胜了我的心。所谓信用与诚实，绝非空虚的妄想。可否让我也成为你们的同伴？无论如何，请答应我的请求，让我成为你们的同伴。"

人群之中哄然响起一片欢呼。

"万岁！国王万岁！"

一名少女将一件绯红的斗篷献给了梅洛斯。梅洛斯慌了，不知如何是好。好友体贴地告诉他："梅洛斯，你不是还光着身子呢吗？快点穿上那件斗篷。这位可爱的姑娘可不甘心让大家看到你的裸体呢。"

勇者面红耳赤。

（基于古老传说和席勒的诗）

老海德堡

那是八年前的事了。当时我是个极其懒惰的帝国大学学生，在东海道三岛的旅馆度过了一个夏天。故乡的姐姐终于给我寄来五十元钱，说这是最后一次。我把换洗的浴衣啦、衬衫啦塞进书包，一溜烟地奔出旅馆，本该直接去坐火车，却弄错方向，跑进了一家常去的杂煮店，在那里与三个朋友不期而遇。已经酩酊大醉的朋友们取笑我说："哎呀，哎呀，你这身打扮是要去哪儿啊？"懦弱的我很是狼狈，突然脱口说出言不由衷的劝诱，"不去哪儿，要不你们也一起来吧。"然后，已成骑虎难下之势，我只好破罐破摔地说："我有五十元钱，是故乡的姐姐给我的，咱们一起去旅行吧，不需要准备什么，直接出发就行，走吧，走吧。"就这样，我硬拉上了尚在犹豫的朋友们。接下来会发生什么，连我自己也不知道。那时候，我还是个相当无忧无虑的孩子，这个世界也在纵容我们无忧无虑。我想去三岛写小说。有个名叫高部佐吉的比我小两岁的青年，在那里开了一间酒馆。佐吉的哥哥在沼津经营着一家大酒铺，佐吉在家里男丁中排行最末，我俩是在一次偶然的机会下认识的，因为我也一样是家中老幺，而且一样早早就没了父亲，所以我和佐吉很谈得来。佐吉的哥哥我也见过，是个颇大度的好人，佐吉明明独占了全家的爱，却似乎仍有许多不满，曾经离家出走，笑嘻嘻地来到我在东京租住的廉价公寓。据说他以前尽耍性子，撒娇磨人，但这回总算安顿下来，在三岛郊外租了一栋小巧舒适的房子，把哥哥家的酒桶摆在店里，开始做酒水零售生意。他和二十岁的妹妹住在一起。我本打算去他家的。我只是在信中听佐吉说起他家，不曾亲眼见过，所以我本以为该去看一看，若不方便就立刻回来，若是方便就在那里待一个夏天，写一篇小说，却不料招待了三个朋友。我便姑且买了四张去三岛的车票，满怀自信地把朋友们拽上了火车，然而随着火车前行，我越来越感觉到不安，不知该不该带这么多人去麻烦佐吉的小酒馆。很快天也黑了，快到三岛站时，因为过于心虚，我全身抖如筛糠，几度含泪欲泣。我不想让朋友们知道我的不安，便拼命描述佐吉的人品之佳，将"顺利抵达三岛就好了"这一句连我自己都腻烦了的毫无意义的废话重复了无数遍。我提前给佐吉发过电报，但不知他会不会来三岛站接我，要是不来迎接，拖着三个朋友的我到底该如何是好。我的脸岂不丢光了？在三岛站下车，出了检票口，站内空无一人。唉，果然还是不行。我快要哭出来了。车站位于田野的正中央，连三岛町的灯火都看不到，放眼望去，到处都是漆黑一片，风吹稻田的沙沙声和蛙声让人心情舒畅，而我完全不知所措。佐吉不在，我彻底束手无策了。由于车票钱及其他支出，姐姐给我的五十元已花去不少，朋友们手头当然不会有钱，况且我是在明知如此的情况下将他们直接拽出杂煮店的，再加上朋友们似乎都十分信任我，所以我势必得装出自信的态度，处境相当困窘。

我强笑着大声说道："佐吉可真够粗心的，连时间都记错了。我们只能步行过去了，这个车站本就没有巴士什么的。"我不懂装懂，将书包换了一只手拿着，快步向前走去。这时，从黑暗中突然浮现出一只黄色的车前灯，摇摇晃晃地朝这边游了过来。

"啊，是巴士。现在已经有巴士了吗？"我自言自语聊以遮羞，"喂，好像有巴士来了，坐那个吧！"我抖擞精神向朋友们发号施令，大家靠在路边排成一列，等待着缓慢驶来的巴士。不久，巴士在站前的广场上停下了，人们陆续下车，佐吉竟也在其中，他身上只穿了件白色浴衣。我呻吟般地舒了一口气。

佐吉来了，我得救了。当晚，在佐吉的带领下，我们在三岛包了一辆出租车，用时半个钟头，来到了古奈温泉。三个朋友、佐吉、我，共计五人，在古奈最好的一家旅馆安顿下来，好一通豪吃痛饮，朋友们似乎也很满意。翌日，他们不住朗声道谢，回了东京。亏得佐吉从中斡旋，让我以特别优惠的价格结清了旅馆的账单，尽管囊中羞涩，但也足够付账，不过为朋友们买完返程车票，就只剩下不到五毛钱了。

"佐吉，我现在很穷。你在三岛的家有房间给我睡吗？"

佐吉什么也没说，咚的一声拍了拍我的背。就这样，我在三岛的佐吉家度过了一个夏天。三岛是一个落伍的、美丽的城镇，一条水量充沛的清澈小河，似蛛网般无拘无束地从镇子中穿流而过，未漏下一处角落，在水流清冽的河底，生长着青青的水藻，小河流经家家户户的庭前，穿过廊子，沿厨房的岸边潺潺地冲刷而下，三岛人坐在厨房里就能清洗衣物。据说这里曾是东海道上有名的驿站，不过日渐荒寂，只有镇上的老住民还在固执地夸耀传统，纵然荒寂，仍未失浮华之风，沉溺在所谓灭亡之民的光荣的懒惰中，无业游民相当之多。佐吉家的房后，时常聚起拍卖市场，我也去看过一次，后来便不再理会。那里什么都卖。把骑来的自行车直接卖掉还算好的，更有那奇怪的，竟有老大爷从怀中掏出一个口琴，卖了五分钱。乃至达摩画像的老挂轴、银镏金的表链、领部有污渍的女式短裤、玩具火车、蚊帐、漆画、围棋棋子、刨子、婴儿襁褓，被人们以十七分、二十分等价钱竞拍，面无表情地买卖。聚集而来的，大抵尽是四十岁开外及至五六十岁的老男人，给人的感觉无一不是游手好闲之辈，只因贪馋五合① 浊酒，便把抱住自己不放的老婆孩子一脚踹开，将家中仅存的最后一件器物也带了过来；抑或是那当爷爷的，以借用为由骗取孙儿的口琴，偷偷溜出后门，仓皇来到此处。还有个老头子，把一串念珠只卖了两分钱。最糟糕的是一个相貌文雅的秃头老翁，将一件濒临解体的脏兮兮的女式夹衣揉成一团塞在怀里就来了。他将那块破烂不堪的布（已经不能称之为衣服了）铺展开，脸上浮现出自嘲的笑容，口中吆喝着"都来看呀"如何如何，想卖个好价钱。真是个颓废的镇子。便是镇上的酒馆，也尽是那种腌臜破旧的房子，屋檐低矮，油纸拉门，仍同过去开驿站时一样，而老店主必定亲手为客人温酒，并吹嘘自己五十年来一直如此，还劲头十足地认定，酒的好坏全在于温得如何。老一辈尚且如此，年轻人更是玩惯了的，无一不是身形纤弱。每天从早上起，就有大小种种流氓地痞聚集在佐吉家。佐吉外表虽不甚健壮，但许是打架厉害的缘故，大家似乎都很服他。

我在二楼写小说，那群人在楼下店里，从早上起就大吵大嚷，佐吉的声音尤为高亢，撒起了弥天大谎："不管怎么说，二楼的客人可真厉害。即使在东京银座走上一圈，也找不到那样气宇不凡的男人。他打架也很厉害，还坐过牢呢。他会空手道。

---

① "合"是日本尺贯法中的体积单位，10合为1升。——译者注

看这根柱子，都凹进去了，这是二楼的客人小试身手时轻轻一拳打出的痕迹。”

我沉不住气，从二楼下来，站在楼梯顶端小声招呼佐吉，噘嘴抱怨道：“你别胡说八道，这样我还怎么露面。”

佐吉笑嘻嘻地说道：“没人当真啦，他们从一开始就知道是假的。只要故事有趣，他们就高兴。”

“是吗？都是艺术家啊。不过从现在起，别再说谎了，不然我心难安。”说完，我又上到二楼，继续写那篇题为《传奇》的小说，这时又听到佐吉那越发高亢的声音。

“说到酒量大，没人比得过二楼的客人。两合一壶的烈酒，他每晚都要喝上三壶，面颊仅微微泛红。喝完，他就随意地站起身说：‘喂，佐吉，去澡堂。’很厉害吧。洗完澡，他用剃刀悠然自得地刮胡子，一道伤口也不会有。他还时常给我刮胡子。回来以后，又得继续他那棘手的工作。真是个沉稳的男人啊。”

这也是谎言。每晚，即使我没要酒喝，饭桌上也会早早摆好一个两合的大酒壶，我不愿辜负他的好意，只能急忙喝掉，但那酒是从酿酒坊直接拿来的，未经勾兑，所以纯度很高，相当于五合寻常的酒。佐吉不喝自家的酒。他说：“我目睹哥哥造酒牟取不正当的利益，那种酒怎么也喝不下去，简直想吐。”每到喝酒时，他就出去喝别的酒。既然这酒佐吉一口不喝，我一个人喝醉了也不体面，尽管喝得晕头转向，只要两合酒一喝完，我就会立刻开始吃饭，吃完饭不等松口气，佐吉就叫我一起去洗澡。我觉得拒绝也显得我太任性，只能答应他，一起去澡堂。进了浴池，我只觉呼吸困难，就像快要死了。我摇摇晃晃地正要从冲澡间逃去更衣室，佐吉一把抓住我，亲切地说："你胡子长了，我给你刮刮吧。"我还是不能拒绝，只能说："好，拜托了。"最终，我疲惫不堪地蹒跚回到家中，嘴里嘟哝着"要不要工作一会儿呢"爬上二楼，直接躺倒睡了过去。佐吉对此定是知情的，可他为何要那般撒谎吹嘘呢？三岛有一个著名的三岛大社，一年一度的祭礼日渐临近。聚集在佐吉店里的年轻人都是祭礼的负责人，他们兴奋地商讨着种种计划。舞台、手古舞①、彩车、烟花——三岛的烟花似乎有着悠久的传统，还有一种叫水烟花的，据说是在大社的水池中央燃放礼花，烟花倒映在池面上，看上去好似烟花从池底滚滚涌出，别有情趣。百余种礼花的名称按燃放顺序写在一大张纸上，分发给各家各户，日益临近的节庆气氛，让沉寂的街头巷尾都活了过来，莫名地染上了一层悲壮而激动的色彩。祭礼当日，一大早就是个大晴天，我去井边洗脸，遇见佐吉的妹妹，她取下头上的手巾，向我打招呼说："恭喜。""啊，同喜。"我也很自然地回致贺词。佐吉表现得十分超然，并未因节日到来而盛装打扮，他仍穿着平

---

① 在祭礼中，艺伎等女性表演者身穿男装引领彩车前行时跳的一种舞蹈。——译者注

时的衣服，在店里忙活着，不久，年轻人们便陆续赶来，皆身穿样式一致的华丽浴衣，上有大浪花纹，腰间别着团扇，脖子上也缠着样式一致的手巾，脸上挂着明朗的笑容，向我和佐吉打招呼说："啊，恭喜。啊，早上好，恭喜了。"那天，我也从一大早就觉得心静不下来，但又不能和那些年轻人一起拉着彩车到处玩，稍微工作了一会儿，又站起身，在二楼的房间里徒自转来转去。倚窗俯瞰庭院，只见在无花果树的树荫下，妹妹正若无其事地洗着佐吉的裤子和我的衬衫。

"小西，你可以去看祭礼的。"我大声说。

"我讨厌男人。"小西回头一笑，也大声答道，然后继续哗啦哗啦地洗衣服，"如同好酒之人经过酒铺门前，就会生出毛骨悚然般的不快感觉。和那一样。"她用正常的声音说道，似乎还在笑，微耸的肩膀一下一下地抽动着。妹妹虽然只有二十岁，却比二十二岁的佐吉和二十四岁的我更有大人样，其态度总是干脆利落，简直像是我们的监护人。佐吉那天似乎也很烦躁，纵然想和镇上的年轻人们一起玩耍，其自尊心却断然不允许他穿上华丽的大浪浴衣，反而令他对祭礼越发反感，觉得"啊，真无聊。今日休店，不再卖酒给任何人"，独自怄气，骑上自行车不知去了哪里。不久，佐吉给我打来电话，叫我到老地方去，我舒了口气，以为得救了，便换上新浴衣，飞奔出了家门。所谓老地方，就是那个五十年来一直亲手为客人温酒并以此为傲的老头子开的酒馆。我到那儿一看，就见佐吉和另一个叫江岛的青年正在对饮，二人脸上不带一丝笑意，看来很不开心。我和江岛之前也一块玩过两三次，他和佐吉一样，是有钱人家的儿子，而他对此很不满意，整日无所事事，只会愤世嫉俗。他生得容貌俊美，不逊色于佐吉。对于今日的热闹的祭礼，他也怀着反抗之心，独自怄气，故意穿上脏兮兮的便服，在那昏暗的酒馆里喝闷酒。我也加入进去，默默地喝了一会儿酒。外面一队队行人络绎不绝的脚步声、升天的烟花声、吆喝叫卖声，似乎令江岛忍无可忍了，他起身说："走，我们去狩野河吧。"不待我们回答，他就出了酒馆。我们三人特意只挑后街隘巷走，一边说着"啧！什么玩意儿"，毫无意义地对祭礼表示鄙视，一边逃出三岛町，向沼津方向越走越远，日暮时分，来到了狩野河边的江岛家的别墅。从后门进去，见有一位老人躺在客厅里，只穿了件衬衫。

江岛大声说道："你怎么在这儿，几点钟来的？昨晚又通宵赌博了吧？快走，快走，我有客人。"

老人爬起身，对我们和蔼地轻轻一笑，佐吉很有礼貌地冲那老人深深地鞠了一躬，江岛则无动于衷。

"你最好快点穿上外衣，会感冒的。对了，回去时打个电话，点几个菜，叫人连同啤酒立刻送过来。祭礼太没意思，我们要在这里喝它个三命呜呼。"

"欸。"老人滑稽地应道，草草穿上外衣，消失不见了。佐吉突然大声笑道：

"他是江岛的父亲，宠江岛宠得没法子，居然答应'欸'。"

很快啤酒送来，各种菜肴也上齐了，记得我们好像合唱了一首莫名其妙的歌。暮霭笼罩下的眼前的狩野河，河水满盈，舔过岸边的绿叶缓缓流淌。河水深得吓人，蓝得吓人，我很突兀地想到，莱茵河是否同样如此呢？啤酒喝光了，我们又回三岛町了。由于路程相当远，途中我一边走一边反复打瞌睡。每次慌忙睁开涩重的眼睛，就见有一只萤火虫从额前横掠而过。好不容易走到了佐吉家，他的母亲也在，是从沼津老家过来的。我告了声罪，上到二楼，把蚊帐撑成三角形，躺进去就睡着了。由于听到争吵声，我醒了过来，朝窗外一看，只见佐吉把一架长梯子靠立在屋檐上，他正在梯子底下同母亲进行一场美好的争论。今夜，作为烟火的收尾，预计要燃放一颗直径达二尺的大烟花，对此，镇上的年轻人们早就兴奋地讨论了很久。眼下已经到了燃放那颗大烟花的时间，佐吉非要坚持给母亲看。他也醉得很厉害。

"我给你看，你不看吗？只要上到屋顶，就能看得清楚。我都说了背你上去，来，我背你，别磨蹭了，快上来。"

母亲似乎在犹豫。妹妹也穿一身白站在一旁，咪咪地笑着。左近再无别人，母亲却仍悄悄地环顾四周，然后才下定决心爬到了佐吉背上。

"嘿咻。"看起来很重。母亲尽管年近七旬，却相当胖，看上去足有一百二十多斤，甚至更重。

"不要紧，不要紧。"佐吉一边说，一边开始上梯子。我看着那对母子的身影，心想：啊，正因如此，佐吉的母亲也宠佐吉宠得不得了。不管佐吉如何任性，如何放浪，母亲甚至不惜和佐吉的哥哥吵架，也要庇护佐吉这个最小的儿子。我觉得仿佛看到了比二尺大烟花更美好的东西，心满意足地睡着了。关于三岛，还有其他许多难忘的回忆，留待以后再讲吧。当时在三岛写的一篇题为《传奇》的小说，得到了两三人的赞许，使我迎来了不得不在全无自信的状态下一直写作蹩脚小说至今的命运。三岛在我是一片难忘的土地，毫不夸张地说，其后的八年间，我的所有创作都是以三岛的思想为基础的，三岛对我而言意义重大。

八年后，现在已不能再向姐姐要钱，与故乡又音信不通，只是一介又穷又瘦的作家的我，在前些天，终于赚到了一笔小钱，便带着妻子、岳母和妻妹去伊豆旅行。在清水下车，去往三保，然后转到修善寺，在那里住了一晚。然后在返程途中，终于又在三岛下了车。我说"这里是个好地方，是个非常好的地方"，让大家在三岛下车，我一个人兴致勃勃地带她们参观了三岛町，并努力试图以一种有趣的方式，把我昔日对三岛的回忆讲给她们听，可我自己却逐渐感到沮丧，最终堕入险恶的忧郁之中，甚至连话也不想说了。眼下的三岛很荒凉，完全是陌生的城镇。佐吉已经不在这里了，他的妹妹也不在，江岛大概也不在吧。以前每天聚集在佐吉店里的那些年轻人，现在怕是正一脸冠冕堂皇地冲妻子怒吼吧。无论走到哪里，都没了旧日的气息。也许不是三岛褪了颜色，而是我的心衰老干枯了。八年，在这期间，曾经无忧无虑的帝国大学学生，一直身处困苦穷乏的岁月里。在这八年间，我老了二十岁。没过多久，甚至下起了雨，妻子、岳母和妻妹一边赞不绝口地说"是个好城镇，是个令人心安的好城镇"，脸上的为难神色却怎么也遮掩不住，我忍不住带她们去了昔日常去的那间酒馆。由于屋里太脏了，几位女士在门口犹豫不决，我不由得大声说道：

"店里虽脏，但是酒好。这里的老主人，五十年来一直亲手为客人温酒。在三岛，这是一家有着悠久历史的老店。"说着，我硬是把她们拽进店里，一看，那个穿红衬衫的老爷子已经不在了。一个无趣的女招待走出来，问我们点些什么。店里的餐桌、板凳，都还是从前的模样，但店里一角多了台电唱机，墙上贴着一张电影女演员的俗气的大肖像画，低级粗俗的感觉很浓。至少，我想点上各种菜肴，让餐桌热闹起来，好驱除这教人无可奈何的阴郁气氛。

"烤鳗鱼，还有烤大虾和蒸蛋羹，各来四份，这里若没有，请打电话叫外头送来。还有，酒。"

岳母在一旁听了很是提心吊胆，她不知我心里多么难过，严肃地说道："不用点那么多菜，别浪费了。"而我越发不堪承受，成了这世上最沮丧的人。

莉

萨

（用作广播。）

　　杉野君是个西洋画家。不，说是西洋画家，但他并不以此为职业，只是一个渴望画出好画而每天煞费苦心的青年。他的画恐怕连一张也不曾卖出，似乎连展览会也从没入选过。即便如此，杉野君依然不慌不忙，丝毫也不在乎。他日夜苦思，一心只想画出好画。他家里只有母子二人，现居住的武藏野町的房子，是三年前基于杉野君的设计而建，有一间气派得堪称奢侈的画室。自从五年前父亲去世，母亲似乎事事都对儿子言听计从。杉野君的老家在北海道札幌市，他家似乎是大地主，但三年前，母亲听从儿子的指示，将土地尽数委托给经理人管理，并卖掉住惯了的房子，来到东京，开始作为艺术家的母亲生活。杉野君今年二十八岁，却被母亲宠坏了，言谈还像小孩一样任性，甚至教旁人都看不下去。在家里他很霸道，耍足威风，可是一出家门，就变得极窝囊。我与杉野君相识，是在五年前。当时，杉野君正往返于东中野的公寓和上野的美术学校，我也住在同一栋公寓里，有时在走廊里遇见，他必然变得面红耳赤，脸上浮现出一种说不上是笑是哭的古怪神情，并故意轻咳一声，许是打算以此当作打招呼吧。我觉得他很懦弱。渐渐地，我俩变得亲近了，没过多久，他接到父亲病危的通知，拿着故乡发来的电报一进我的房间，就哇的一声哭了出来，像挨了骂的孩子跟大人撒娇似的。我用各种方式安抚他，并马上送他启程返乡。自此，我俩的关系越发亲近，即便后来他在武藏野町建了一栋漂亮的房子，和母亲同住，我俩仍时常往来。如今，我也已搬离东中野的公寓，在三鹰町郊外租了一间小房子住，所以彼此往来十分便利。

前些日，趁着难得的好天气，我去附近的井之头公园看红叶，途中改变主意，拜访了杉野君的画室。

杉野君格外热情地迎接了我："你来得正好，从今天起我要用模特了。"

我很惊讶。杉野君是个极易害羞的人，迄今从未邀请模特到过他的画室。若说人像，他只画过母亲及自画像，其余大都是风景或静物。上野好像有一家模特中介机构，但杉野君每次去了，似乎总是一到门口就掉头折返。他似乎真的很害羞，没法子。

我站在门口问道："是你去请来的？"

"不是，"杉野君涨红了脸，还有点结巴，"我让母亲走了一趟。我说找个身体健康的，可她选中的那人，体魄实在太过健壮，我有点担心画不成。我要让她穿着白色连衣裙站在庭院里的樱树下。我买了一条很不错的连衣裙，所以想让她摆出雷诺阿的莉萨 ① 那样的姿势试试。"

"莉萨是什么画？"

"你看到那幅身穿雪白长裙的千金小姐左手持一柄白色小阳伞倚靠在樱树树干上的画了吧？是千金小姐还是夫人？那是雷诺阿二十七八岁时的杰作，据说它开启了雷诺阿画家生涯的新纪元。我也已经二十八岁了，想试试同雷诺阿一较高下。现在模特正准备着呢，啊，出来了，哇，太可怕了。"

模特静静地打开画室的门，来到门口。乍一看，我也觉得太可怕了。健康得过头了。对妇人的容貌评头论足固然不好，若只说极粗略的印象，尽管很难形容，但她看上去就像一个套着白袋子滚出来的肉丸子。肤色暗红，体态滚圆，一言以蔽之——胖。这副形象根本不堪入画。

"有点健康过头了。"我小声对杉野君说。

"嗯，"杉野君也不免呻吟，"方才穿着和服时还没这么吓人

---

① 皮埃尔－奥古斯特·雷诺阿（Pierre－Auguste Renoir,1841—1919），法国印象派画家。《撑阳伞的莉萨》是他完成于 1867 年的作品。——译者注

呢，现在简直可怕。我想哭。罢了，先去院子里吧。"

我们来到庭院里的樱树下。樱树叶纷纷散落。

"请先站在这里。"杉野君心情很不好。

"好的。"女人似乎是老实巴交的性子，仍低着头，好声好气地应着，拎起长裙，站在了指定地点。

杉野君当即圆瞪双眼："呀，你光着脚呢。我应该把裙子和鞋放一块儿了呀。"

"那双鞋有点太小了。"

"不可能，是你的脚太大。不像话。"听他的声音，几乎快要哭出来了。

"不行吗？"模特反而天真地笑了。

"太不像话了，哪有这样的莉萨，简直和高更^①的《沙滩上的大溪地女人》一模一样。"杉野君破罐破摔，话说得相当难听，"光线很重要，脸再抬起来点。喷！别笑得那么粗俗，成何体统，难道要让我去当漫画家吗？"

我觉得杉野君和模特都很可怜，委实看不下去，便悄悄地回家了。

过了十来天，一天早上，我去吉祥寺的邮局办事，回来的路上又顺便去了杉野君家，想问问那模特后来怎样了。我按下

---

① 保罗・高更（Paul Gauguin,1848—1903），法国后印象派画家，雕塑家。代表作有《黄色基督》《游魂》等。——译者注

门铃，出来的竟是那模特，身上套着白色围裙。

"怎么是你？"我瞬间慌了神。

"哈。"她只这么应了一声，便咻咻地笑着，又退回屋里去了。

"哎呀，"杉野君的母亲与模特错身而过，走上前来，"他去旅行了。他很不开心，说看来还是画风景好。不知道咋回事，怒冲冲就出门了。"

"倒也难怪，是有点过分了。那她呢？怎么还待在这里。"

"我决定让她留下来帮佣。她是个好孩子，帮了我大忙。现在很难找到这样的女孩子了。"

"啊？这么说，您去上野就是为了找女佣？"

"不，怎么会呢。"杉野君的母亲笑着否认，"我也想让他画出好画，也想尽量挑个形象好的模特，但不知怎的，我到了那家中介机构，见一群人并排坐在那儿，唯独她太不起眼了。我看她可怜，就问了问她的境况。'你说你前些天刚来东京，听说做模特很赚钱，所以就坐那儿了，对吧？太危险了。'她说她是房州渔民的女儿。我宁愿儿子画画受挫，也不想让这姑娘受挫。我也知道，这姑娘不堪入画，但对我儿子来说，总还有下一次机会。毕竟，画画也好，别的也好，都是一辈子的长久工作。"

乞食学生

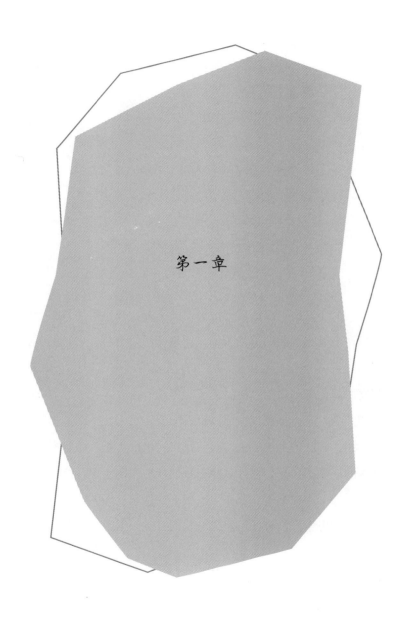

第一章

不该盼望大贫穷有大正义。

——弗朗索瓦·维庸 [1]

　　一个作家出于在这世上活下去的义务，将自惭拙劣的一篇作品寄给杂志社后的那种苦闷，便是聪明如诸君，想必也不会明白。大吼一声下定决心，将装有原稿的厚重信封投入邮筒。邮筒底部传来幽微的声响。完了。那是一篇教人无法忍受的糟糕的作品，表面上装模作样以正直的姿态示人，私底下却蛀满了卑屈、肮脏的妥协之虫，对此我自己也很清楚。还有那些对女人的谄媚的描写，教人羞臊得直欲哇地大叫一声，绕着圈地狂奔不停。实在拙劣。我完全没资格当作家。无知。我没有任何深刻的思索，没有任何灵光一现的直觉。据说在十九世纪的

巴黎文人之间，有一种将愚钝的作家称为"天气居士"加以唾弃的习惯。这大概意味着，那位可怜、愚蠢的作家和我一样，在沙龙里提不出任何有趣的话题，只会一味地谈论最近的天气。脑筋不好的蠢人竭力想出的话题，似乎便是这样。什么也说不出来。我刚刚投寄的作品，别的姑且不论，首先便是如此，开头反复抹着汗说：昨日降雪了。实在太惊人了。真的，嗯，吃了一惊。打开挡雨门板，只见眼前呈现出的，嗯，是一种银装素裹的世界。这实在是愚劣至极的意见。总是结结巴巴，连一个飒爽的断案也得不出。我是个知耻的男人。若能自由决定，我宁愿将那篇拙劣的作品撕毁，飘然逃到某座山中躲起来。然而，胆小卑屈的我做不到。今天若不把这篇作品寄给杂志社，就相当于对编辑说了谎。因为我虽不情愿但早已明确承诺，今日之前必定寄交。编辑也特意空出页码，迫不及待地期盼着我这篇拙劣的作品到来。我对此一清二楚，所以哪怕是再愚劣的作品，我也不能随便毁弃。说是履行义务，听上去不错，实则不然。胆小无能的我，只是惧怕编辑的武力。一想到自己因违背了约定而只能无奈挨打，我就吓得要死，身为艺术家的骄傲立刻化为乌有，索性把眼一闭，将那篇丑陋的作品投入邮筒。真是个没骨气的男人。一旦投寄出去，一切就都结束了。再怎么后悔也来不及。原稿会被直接送到编辑的桌上，迅速读过一遍的编辑将无比失望，但也只能发送印刷厂，由锐眼如鹰的熟练工面无表情地迅速拣出拙稿的铅字。那双眼睛好可怕。他肯定会想，这是多么蹩脚的文章啊，通篇谎言。唉，我的无知的作品，甚至会遭到印刷厂的跑腿学徒的嘲笑。我的愚作污了好些贵重的纸张，终于被刊印出来，摆在店里，暴露在光天化日之下，无处藏身。批评家读后大肆嘲笑，读者则为之愕然。换言之，愚劣的作家在其褴褛破衣上，再添了一篇丑陋的作品。此即所谓"出于失败，归于失败"。没有一点长处。我明知如此，却因过于惧怕编辑的武力，大吼一声下定决心，哆哆嗦嗦地将装有原稿的厚重信封投入邮筒。邮筒底部传来幽微的声响。完了。此后的悲惨心情，简直难以形容。

那天，我还将一篇精彩的丑作投入车站前的邮筒，然后突然觉得活厌了，便将两手揣在怀中，耷拉着头，将脚下的一个石块反复踢得向前滚去，就这么走了一路。连直接回家的力气都没有。我家位于一块农田中央，从三鹰站步行过去，需要三拐四拐走上二十多分钟，平日里没有访客。除非要工作，否则我一整天都会裹着毛毯躺在廊子里，一看书就累，哈欠连天，便拿起报纸，就儿童专栏中的思考题——"在乌龟、鲸鱼、兔子、青蛙、海豹、蚂蚁、鹈鹕这七种动物中，哪些是卵生的？"绞尽一番脑汁，又觉得无聊了，接二连三地打哈欠，即使打到眼泪顺着脸颊流下来也不在意，只茫然眺望着庭院对面的麦田，活得像个日薄西山的半病人。所以现在，我也无法立刻鼓起勇气奋力回到我的快乐家园。我向着与我家方向相反的玉川上水的土堤走去。那是四月中旬的正午时分，抬头望去，水深流缓的玉川上水横亘眼前，两岸的樱树已长出繁茂的嫩叶，郁郁葱葱，翠绿的枝叶从两侧覆盖下去，宛如隧道一般。寂然无声。啊，我想写一篇这样的小说。这样的作品很好，不带任何创作意图。我感到了一种吸引我驻足细观的诱惑，但我羞惭于自己那散漫的感伤，只向那条亮闪闪的绿色隧道瞥了一眼，便沿着河流在土堤上继续慢吞吞地行走。步伐渐渐加快。是河流在拖着我走。河水略显混浊，水面上漂浮着点点脏兮兮的花瓣，无声而顺滑地流动着。不知不觉间，我正在追逐那流逝的樱花花瓣，像个傻瓜一样，快步走个不停。那一群花瓣，时而放缓，时而加快，但绝不停滞，狡猾、轻盈、顺畅地流走。过了万助桥，这里已是井之头公园的深处。我仍继续沿着河流，一心一意地走。以前有一位名叫松本的善良的小学教师，曾在这一带试图搭救他的学生，自己反而溺水身亡。别看这里的河如此狭窄，据说水非常深，水流的力量也很强。当地人称这条河为食人河，对其十分畏惧。我有点累了，便放弃了对花瓣的追逐，缓缓而行。那一群花瓣立刻便漂远了，在阳光下闪出几点小小的白光，随即消失不见。我发出一声无意义的叹息，长出了一口气，用掌心拭去额上的汗水，正在这时，脚下突然响起一个人的叫声："哇，好冷啊！"

我当然吓了一跳，惊得我险些一屁股坐倒在地。只见食人河中，一名浑身赤裸、肤色白皙的少年正在游泳。不，是正在被水冲走。他把头高高地探出水面，一边笑嘻嘻地说着："哇，好冷！好冷啊！"一边频频回头向我这边看来，眼睁着就被冲到下游去了。我莫名其妙地跑了起来。出大事了。他肯定要溺死了。我虽不会游泳，却也不能袖手旁观。我这身皮囊，几时死了都不可惜。即使救不了他，我也必须跳下去和他一起死，或许正是死得其所呢。我一面断断续续地思考着这些不合逻辑的愚蠢之事，一面不顾一切地拼命奔跑。一言以蔽之，我极度狼狈。即便被树根绊了一下，差点摔了个跟头，我都顾不得笑上一笑，继续以身体前倾的姿势飞奔。像这种草地，我向来会以可能有蛇为由，绝对避过绕行，但现在，就算被蛇咬上一口也不在乎，反正我马上就得死，不能奢求太多。为了救助人命，我一路踏开杂草，笔直地向前奔跑。

　　"啊，好疼！"身后突然响起一声尖叫，"你太过分了，踩得我肚子好痛啊。"

　　这声音有点耳熟。我收力不及，跟跟跄跄地向前冲出两三步才站住脚，回头一看，只见少年仰面朝天躺在草地上，仍旧浑身赤裸。

　　我突然感到愤怒。"多危险啊。这条河很危险，"我喊出不太适宜当下场合的呵斥之言，为了凸显威严，整了整凌乱的衣

116

摆，"我是来救你的。"

少年挺起上半身，有点狡猾地眯起一对睫毛很长的水汪汪的眼睛，抬头向我看来，"你真是个傻瓜。都不知道我躺在这里，就脸色大变地飞奔过去。你看，我肚子的这里，不是清晰地留下了你的木屐印儿吗？你在这里踩上一脚就走了。你看。"

"我不想看。太恶心。快点穿上衣服如何？你又不是小孩子，真是个没礼貌的家伙。"

少年迅速穿上裤子，站起身来，"你是这公园的看守？"

我假装听不到。这问题太愚蠢了。

少年露出白牙一笑，"何必这么生气。"他用平静的语气说道，把双手插在裤兜里，摇摇晃晃地朝我这边走来。赤裸的右肩上，沾着一片樱花花瓣。

"很危险的，这条河。不能在里面游泳。"我仍说了同样的话，但声音比先前低了许多，几乎是在喃喃自语，"这条河被称为食人河。而且，这条河的水被用作东京市的自来水，必须保持清洁。"

"这我知道。"少年在鼻子两侧浮现出略显卑屈的笑。从近处看，他的脸相当老相。鼻子又高又尖，略微朝上，眉毛又细又薄，眼睛又圆又大，嘴巴小，下巴也短。由于肤色白皙，看上去仍是一个十足的美少年。身高骨骼也都寻常，头上剃得精光，也没有胡子，但狭窄的额头上清晰地刻着三道深深的皱纹，鼻翼两侧也垂下沉重的褶皱，形成黑色的阴影。怎么看都像猴子。他或许已不是少年了。他在我脚边一屁股坐下，从下方看向我的脸，"你何不也坐下来呢？那么怒冲冲的，让你的脸看上去像个武士，像是古人的脸。足利时代和桃山时代哪个在先，你知道吗？"

"不知道。"我把双手背在身后，在周围走了一圈，然后生硬地答道。

"那你知道德川十代将军是谁吗？"

"不知道！"我是真不知道。

"什么都不知道啊。你不是学校的老师吗？"

"不是。我……"说到这里，我犹豫了一下，但还是鼓起勇气决定坦言不惧，"写小说。我是个小说家。"说完，我觉得自己说了一句蠢话。

"哦。"对方一点也不激动，"小说家嘛，脑筋都不好。你知道伽罗瓦吗？埃瓦利斯特·伽罗瓦。"

"感觉似乎听说过。"

"啧，说起外国人的名字，大家都会觉得似乎听说过，不是吗？这证明你一无所知。伽罗瓦是数学家哟。你有所不知，他非常聪明，二十岁时被人杀死了。你也多读几本书如何？你什么都不知道啊。你知道可怜的阿贝尔的故事吗？尼尔斯·亨利克·阿贝尔。"

"那家伙也是数学家？"

"哼，你知道了。他比高斯还聪明呢，二十六岁就死了。"

我忽然变得懦弱起来，可悲得连我自己都觉得丑陋。我在远离少年的草地上坐了下来，很快就歪倒在地，一直躺了很久。一闭眼，就能听到云雀的叫声。

年轻时，我是世上最有趣的骄子

如今，连取悦人的只言片语都说不出

俨然一只老猴子

一点也不可爱

若保持沉默不违了别人的意

就被指点成老朽的败北者

倘要张嘴说话

便有人挽起袖子大骂："闭嘴，不知羞耻。"（维庸）

"没有自信啊，我。"睁开眼，我冲少年呼喊。

"呵，没有自信这种话，怎么好意思说出口呢？"少年也躺在那里，大声回以侮蔑之语，"至少得像伽罗瓦一样优秀，才能说出那么动人的话。"

说什么都不行。我觉得自己有段时期也像这个少年一样。今早的知识，必须趁今早倾注热情去实践，不然就痛苦得要死。

恐怕，这少年也定是在昨晚或今早草草浏览了英年早逝的大数学家的传记。说不定，那位少年天才伽罗瓦也曾赤身裸体在激流中畅游。

"那本书上写了伽罗瓦于四月里在河中裸泳的事吧。"我想先发制人，便如此说道。

"你在说什么呢。脑筋不好啊。你以为这么说就能镇住我吗？这就是为什么我讨厌成年人。我难道不是出于善意在教你吗？我要把你作为前辈的利己主义潜移默化成正义。"

我觉得很不舒服。这次是由衷地对这名少年感到了敌意。

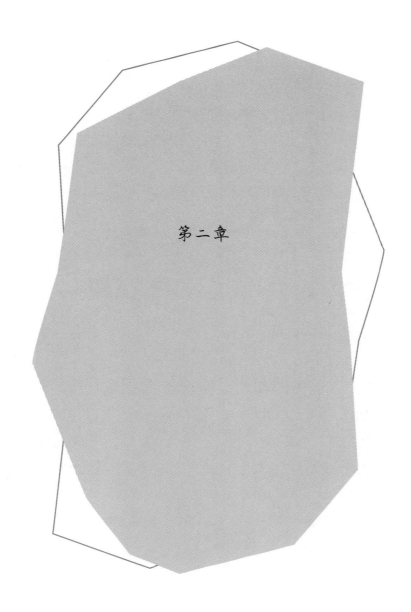

第二章

我下定了决心。我决定要把这名少年的傲慢无礼打压下去。我本以为，一旦下定决心，我也能变成一个相当凶恶冷酷的人。我虽然像个笨蛋，但应该不是天生的低能。虽说没有自信，但那是就另一个尺度而言，我不记得自己曾被一个素不相识的少年贬得如此一文不值。

　　我站起身，一下一下掸去衣摆上的灰尘，然后下巴一扬："喂，小子。你这种耍弄人的把戏没什么了不起的，现在反而很通俗。真正的聪明人讲话，是不会像你这样装腔作势的。你才是脑筋不好呢。你只是在装模作样摆臭架子。前辈又如何，没人当你是后辈，你只是自己把自己摆在卑屈的位置上罢了。"

　　少年躺在草地上，仍闭着眼，一直皮笑肉不笑地听着，但很快便把眼睛睁开一条缝，乜斜着我："你跟谁说话呢。我听不懂你在说什么。我太弱了。"

　　"是吗？抱歉。"我不由得轻轻地低下头，然后意识到：完了！无论如何不该向眼前的论敌低头，这是非同小可的失态。礼仪乃争吵之大忌。看来我身上有太多的成年人的风格，这下麻烦了。明明一点也不从容，却总想让对方见识自己的从容，真教人头疼。我有一种倾向，即相较于胜败的结果，我更愿意重视从容的有无。这就是我逢比试必输的原因，不是该赞许的。

我重振旗鼓，"总之你不站起来吗？我有话要对你说。"

一个计划浮上心头。

"生气了吗？真拿你没办法。你该不会要开始欺凌弱者了吧。"

他说的每一句话都令人不快。

"也许我才是弱者，谁知道呢。总之起来穿好上衣吧。"

"呵，真生气了。嗨哟，"少年小声说着，爬起身来，"我没有上衣。"

"说谎。炫耀贫穷。这是廉价的英雄主义。快点穿上鞋，跟我来。"

"我没有鞋。卖了。"少年一直站在那里，仰头看着我笑道。

我被一种异样的恐惧袭击了。我怀疑眼前的这名少年是个十足的疯子。

"你该不会……"话未说完，就结巴了。这个问题太失礼太可怕了，所以我话未说完，就成了哭丧脸。

"直到昨天还有呢。因为不需要了，所以就卖了。衬衫倒是有，"少年用天真无邪的语气说着，从脚边的草地上捡起一件似乎相当上等的驼色汗衫，"要是光着身子，又怎能来到这里。我住在本乡呢。你可真傻。"

"你该不会是光着脚来的吧。"我还是固执地感到狐疑，心下甚为不安。

"唉，陆地上太不方便了，"少年将套头汗衫穿好，声音带着装腔作势的抑扬顿挫，"拜伦①只有在游泳时，才不会意识到自己的跛脚，所以他喜欢待在水里。真的，真的，在水里不需要穿鞋，也不需要穿上衣，没有贵贱贫富之别。"

"你是拜伦吗？"我努力挑扫兴的话说。少年那一如既往的造作姿态，在我看来越发令人作呕了。"你又不是跛脚。而且，人也不能一直待在水里。"这些话是如此狂暴、无趣，连我自己都为之胆寒。我在内心深处悄悄地为自己辩解：这是以毒攻毒，不必介怀。

"嫉妒。你是在嫉妒。"少年舔了舔下嘴唇，迅速回应道，"老朽的蠢货一旦遇上青年才俊，就会觉得受不了。他们无法忍受，甚至不惜彻底否定。会引发歇斯底里，没办法。你若有话要说，我就听听好了。你可真窝囊。你要把我拽去哪儿啊？"

我一看，他不知何时已穿上了木屐。那双木屐似乎刚买来

---

① 乔治·戈登·拜伦（George Gordon Byron,1788—1824），英国伟大的浪漫主义诗人。代表作有《恰尔德·哈洛尔德游记》《唐璜》等。——译者注

不久，乍一看远比我的木屐气派得多。不知为何，我松了一口气。如释重负。我虽然神经迟钝，但对于奇装异服之人，无论如何也会多少抱有一点戒心。衣装什么的，根本无所谓。——这自古以来就是一流诗人的常识，而我自己对衣装也没有任何兴趣，只是默默地穿着妻子让我穿的衣服，对别人的衣装也完全漠不关心，但这也是有程度之分的。对于只穿一条裤子，没有上衣也没有鞋的着装，我还是不免感到恐惧。归根结底，这大概就是我的可悲的俗人根性吧。现在眼见这少年身姿挺拔，穿着相当上等的衬衫，脚下的木屐比我的还要气派，我感到非常安心。不管怎么说，衣装至少还算正常，不是疯子。方才浮上心头的计划，执行也无妨。对方是个普通人，即使促膝论战一番，也没什么不光彩的。

"不急，我想和你好好谈谈，"我在脸上浮现出技巧性的微笑，"你从刚才就一直说我没文化、低能，但我多少也算有点名望。事实上，尽管我没文化又低能，但我自认为比你强，你没资格侮辱我。针对你的无理谩骂，我也必须做到礼尚往来。"

我的这番话不可谓不庄重，少年却笑了出来，"搞什么呀，原来你想和我玩玩。你也真够闲的。你请客吧，我饿了。"

我也险些捧腹大笑，但我竭力摆出一副愁眉苦脸的表情，"休想蒙混过关。你现在必须感到某种恐惧才行。总之，跟我来吧。"感觉快要忍不住笑出来了，所以我多少有些狼狈，头也不回地匆匆迈步前行。

　　我的计划，不过是个微不足道的小主意，甚至称为"计划"都属夸张。在井之头公园的池塘边，有一家由一对老夫妇经营的小茶馆。每当有朋友偶尔来我在三鹰的家中做客，我就会带他们去那家茶馆。不知为何，我在家里相当沉默寡言，完全不知所措。偶尔来我家做客的朋友，皆是才学兼优之人，会出人意料地展开华丽高洁的艺术讨论，但由于我正是那种所谓"天气居士"，只会一个劲儿地晃着腿"嗯，嗯"地附和，极少见地，甚至会冒出一声表示叹服的"哇"，连我自己都觉得不像话。我生怕这样一来，连坐在隔扇后面做针线活的妻子说不定都会遭到轻视，出于这种小心眼的算计，我便把朋友请到屋外，姑且试试散步。即便如此，我的状态还是糟糕得足以令人目瞪口呆，无奈之下，最终只能带朋友去井之头公园的池塘边的茶馆。只要盘腿坐在这家茶馆的板凳上，我就会不可思议地死而复生。只要盘坐在板凳上，茫然眺望池面，啜饮一杯年糕小豆汤或甜酒，我的舌尖就会徐徐绽开，可以自由阔达地开陈自己的想法，甚至像煞有介事地讲述自己从未想过的事，滔滔不绝，达到一种无休无止的状态。导致这一怪事的原因，似乎在于我和朋友同在一边望着池面一边交谈。也就是说，原因似乎在于，我们没有与谈话的对象面对面，而是将视线平行地投向了池面。诸君也不妨一试。双方并排坐在沙发上，均未意识到对方的脸，一边凝视着壁炉里的火焰，一边轮流发言——倘若采取这种形式，诸君则即便和低能的夫人谈上三个钟头大概也不会觉得累吧。一次也不能面对面。我在那家茶馆里顽强地只盯着池面看，好不容易才成功地找出了我的辩舌的头绪。可以说，那家茶馆的板凳，就是我的主场。在这片场地迎战敌人，即便对手是狄德罗①、圣伯夫②那样的毒舌大家，我想必也不至于败得惨不忍睹，但我没有学问，所以可能还是会输。我的法语说得没有他们那么好。我打算把这名少年带到那家茶馆去，我便可以坐在板凳上，将方才的谩骂悉数奉还。他太能愚弄我了，我必须对他稍作警告。我满怀自信地悠然行走在公园的树林里，身后跟着那自称青年才俊的浅薄少年。马上就让你看看，我究竟是不是个老朽的蠢货。

少年随我走着走着，似乎渐渐感到了不安，开始一个人喃喃自语："我的母亲呢，已经死了。我的父亲呢，正在做可耻的生意。你听了会吓一跳的。我是个乡下人，没受过什么道德教育。我想要一把手枪，瞄准电线砰砰地开枪射击，每一发子弹都能击断一根电线。日本真小啊。悲伤的时候，最好就去裸泳。有什么不好的呢。能出什么事呢。少说废话。说教什么的绝不

---

① 德尼·狄德罗（Denis Diderot,1713—1784），法国启蒙思想家、哲学家、美术批评家、作家。巨著《科学、美术与工艺百科全书》的编纂者。——译者注
② 查尔斯·奥古斯汀·圣伯夫（Charles A. Sainte-Beuve,1804—1896），法国文艺批评家。代表作有《当代肖像》等。——译者注

接受，道理在书上都写着呢。你放手不管不就行了。我叫佐伯五一郎，不太擅长数学，最喜欢鬼怪故事，可惜妖怪的出场方式只有十三种。等一下，还有提着灯笼突然现身打招呼的方式，所以是十四种。真无聊。"

他接连不断地说着一件又一件莫名其妙的事，我则统统置若罔闻。穿过树林，走下石阶，横穿辩才天女①的领地，从动物园前方经过，来到池塘边。绕着池塘走出五六十米，就是我们要去的那家茶馆。我怀着残忍的心态，暗自窃笑。少年先前说过"搞什么呀，原来你想和我玩玩"，而在我的内心深处，似乎确实也有那样一只轻率的虫子在蠢蠢欲动。此外还有一点。企图探索下一代少年心理的小家子气的作家意识，也确实在蠢蠢欲动，使我主动想要接近这名少年。我干了件蠢事。托他的福，我此后不得不忍受了一系列的不幸、战栗和丑态。

到了茶馆，我立即盘坐在板凳上，静静地将视线投向池面，以为得计，便再次怀着残忍的心态暗自窃笑，至此还算顺利，但之后就不行了。我向茶馆的老妇人要了两份年糕小豆汤时，少年在我身旁大模大样地盘腿而坐，平静地说道："有大碗鸡肉鸡蛋盖饭吗？"我不禁气急败坏。我的袖兜里只有一张五十分纸钞，是我先前从家里出来时，妻子递给我的，让我去理个发，

① 印度神话人物，在日本称为弁天、弁才天、弁财天等，皆指同一女神，传说能给人带去财富和智慧，又传其辩舌无碍，故称辩才天女。——译者注

但由于我投寄了一篇劣质的小说原稿，顷刻之间，朋友知己的嘲笑声就已清晰地传入耳中，我实在受不了，连理发的事情也怠慢了。

"等一下，等一下。"我叫住老妇人，感到浑身发烫，"大碗鸡肉鸡蛋盖饭多少钱？"这是个下等的问题。

"五十分。"

"那就来一份，一份就够。然后再要一杯粗茶。"

"啧，"少年毫不犹豫地冲我发出冷笑，"还挺精明。"

我叹了口气。不管说我什么，我都无力反驳。我突然觉得厌了。自尊心已受到这等伤害，还想对少年说什么呢。我什么都不想说了。

"你是学生？"我以非常温和的口吻，发出了十分俗套的提问。我的双眼仍旧习惯性地望着池面。一条近二尺长的绯鲤，晃晃悠悠地向我们的板凳下方游了过来。

"直到昨天，我还是个学生。从今天起，就不同了。这并不重要，不是吗？"少年很有精神地答道。

"是啊。我也不太喜欢干涉别人的事。我知道就算深究下去，也帮不上什么忙。"

"你真是个俗物。尽找借口。实在荒唐。"

"嗯，是很荒唐。我有许多话想说，但我已经厌了。还是默默地看看风景比较好。"

"我也想像你一样。我这种人，就算想沉默，也沉默不了。不说些无心的玩笑话，就活不下去。"他的声音成熟且饱含诚实。

　　我情不自禁地回过头来，重新看了看少年的脸，"你在说谁？"

　　少年不悦地皱起眉头，"不就是我吗？直到昨天，我还是一个好人家的家庭教师呢，教一个低能的独生女学代数。其实以我的知识，尚不足以教别人。我就是边教边学。虽是欺骗之举，但我也不得不扮演帮闲的角色……"他突然闭口不语。

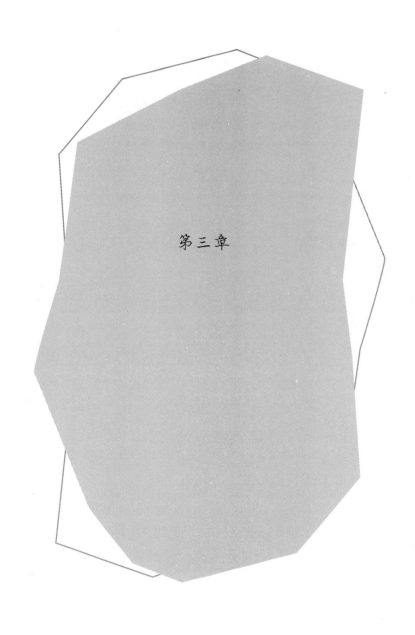

第三章

茶馆的老妇人用托盘端来了一份大碗鸡肉鸡蛋盖饭。

"吃吧。"

"你呢？你不吃吗？"少年突然涨红了脸，偷觑着我，语气怯生生的，像变了个人似的。

"我不需要。"我尽量装得自然，呷着粗茶，望着池塘对面的树林。

"那我开动了。"少年谦恭地小声说道。

"请。"我努力还以淡泊的回答，以免少年难堪，然后缓缓啜饮粗茶，目光一直望向池塘对面的树林，仿佛对少年等旁人漠不关心。那片树林里有个动物园，突然从中传来一声裂帛般的悲鸣。

"是孔雀。刚才是孔雀在叫。"说着，我转头看了看少年，只见少年将饭碗放在盘坐着的两腿间，埋着头，正用拿筷子的右手的手背胡乱地抹着双眼。他在哭泣。

在那一刻，我只感到为难。我装作什么都不知道，轻轻地收回视线重新投向池塘，为了让自己的心安定下来，我从袖兜里掏出一支烟抽了起来。

"我名叫，"少年用明显哽咽的声音，断断续续地说道，"我名叫佐伯五一郎，要记住哦。我一定会报答你的，你是个好人。我居然哭了，真没出息啊。我只要一吃饭，就时常感到寂寞不堪，一下子想起的尽是悲伤的事。我的父亲呢，正在做可耻的生意。他是乡下的一名小学教师，工作了二十多年，还是当不成校长。他脑筋不好，连我这个做儿子的都替他害臊。学生们也都瞧不起他，给他起了个绰号叫'废物'。所以，我必须出人头地才行。"

"小学教师为何是可耻的生意？"我不禁噘起嘴，大声说道，"我要是写不成小说了，还想去乡下当个小学教师呢。我认为，可以真正投入良知和热情的工作，在这世上只有这两种。"

"你不懂。"少年的声音也大了一些，"你不知道，老师必须取悦村里的富家子弟，同校长、村长的关系也很复杂。我都不想说。我讨厌老师。我真的很想学习。"

"那就学呗，"心胸狭窄的我，仍未忘记方才从少年那里所受的侮辱，不怀好意地说道，"刚刚的劲头哪儿去了，真是个没出息的家伙。男儿有泪不轻弹，好了，擤擤鼻子，振作起来。"

我依旧望着池面，从怀中掏出一张手纸，往少年的腿上一扔。

少年微微一笑，然后听话地擤了擤鼻子："我不知道该说什么，心情很奇怪。我为了让父亲高兴而学习，却总觉得心里不踏实。我觉得好像有人在告诉我，说现在不是纠结于五次方程式能否在代数上求解，或者发散级数之和是否存在等迂阔之事的时候。之前也有高年级学生叫我抛下私事，可是，说那种话的学生大抵都是头脑不好、不知用功的家伙，所以我总觉得心情很奇怪。现在不是做迂阔学问的时候，现在是一个只练习如何靠肉体对战的时代吧。一想到这些，就觉得心虚。"

"你以此作为怠惰的借口退学了，对吧。这叫事大主义。你是那种只梦想着发生大地震颠覆世界的家伙。"我多少带着愉快的心情开始说教，"你把区区一天的不安偷换成一生的不安，小题大做。你不相信秩序的必要性吗？瓦雷里[1]说过这样的话——"我轻轻地闭上眼，装作归纳我的种种想法，很快便睁开眼，用装腔作势的口吻说道，"无论法律、制度还是风俗，自古以来，总是受到少数耍小聪明的思想家的攻击和轻蔑。而且事实上，对它们展开揶揄、嘲讽，会使人心情愉悦。但我们必须知道，这种嘲讽是多么简单却又危险的游戏，因为它没有任何责任。不管法律、制度、风俗看上去多么无聊，若是没有它

---

① 保尔·瓦雷里（Paul Valery,1871—1945），法国象征派诗人、作家，法兰西学院院士。代表作有《年轻的命运女神》《海滨墓园》等。——译者注

们，知识和自由都无从想象。这就像坐在一艘大船上，还说大船的坏话。要是跳进大海，唯有死路一条。知识也好，自由思想也罢，绝非自然的产物。可以说，自然是不自由的，自然也不站在知识的一边。知识是对抗自然、克服自然、建设人为的力量。换言之，知识是为实现人工秩序所做的努力。因此不管怎么说，所谓秩序，即反自然的规划，即便如此，人类若不遵守秩序，就无法生存发展。我理解你想坦率地面对时代、放弃学习的心情，但相信秩序的必然性，继续静心学习，不也是一种有勇气的态度吗？发散级数之和也好，椭圆函数也好，都要好好研究一下啊。"我有点得意，说完朝少年瞥去一眼，少年似乎半分也没听我说教，正在一心一意地吃饭。"怎样，明白了吗？"我执意求得赞同。

少年抬起头，把口中的饭吞咽下去，然后说道："瓦雷里是个法国人吧？"

"是的。他是一流的文明批评家。"

"法国人不行的。"

"为何？"

"法国不是战败国吗？"少年那对又大又黑的眼睛里已经没了泪痕，他朗声笑道，"那是亡国之词。你是个好人，所以不行啊。那家伙所说的秩序，是指很久以前的旧秩序。他一定是古典拥护者，只是在夸耀法国的传统罢了。你一不留神就被

135

骗了。”

“不，不，”我狼狈地重新盘腿而坐，“没这回事。”

“毕竟，秩序这个词很美妙，”少年无视我的否认，单手端着大碗，自顾自地发出咏叹之言，露出陶醉的目光给我看，“我不相信法国人的秩序，只相信强大的军队的秩序。我想要极端苛酷的秩序，想让它狠狠地束缚自己。我们都很想去打仗。不够彻底的自由，与无用的家畜被养活到死无异。那样什么也做不了，只会变得卑屈。后方很复杂，难以应对啊。”

“你在说什么呢。你只是想逃避最费劲的问题罢了。一次忍耐胜过千种主张。”

“不，是一次行动胜过千种知识。”

“于是，你唯一能采取的行动，就是在食人河里裸泳对吗？你得知道自己几斤几两。”我以为我赢了。

“先前那属于特殊情况，”少年露出老成的苦笑，“多谢款待。”他老老实实地鞠了一躬，将大碗收在一旁，“是有原因的，能听我说说吗？”

“说来听听。”我已骑虎难下。

“说来听了也没用，不过我最近的处境真的是一塌糊涂。我靠着家里的钱从初中毕了业，但后续的就没办法了。太穷了。我想继续学习数学，所以未经父亲同意就报考了高中，并且被录取了。你知道叶山先生吗？叶山圭造。他曾做过铁路的参与官^①还是国会议员呢。"

"不知道。"不知为何,我开始感到心烦气躁。看来我确实不擅长听别人讲述身世,觉得和我没有任何关系。默默地听着听着,我逐渐感到难以忍受的不安和不快,仿佛有意想不到的责任压上肩头。就算我可怜他,我也什么都做不了。——我清楚地知道这一败兴的现实,所以越发感到讨厌了,"我不知道什么国会议员,是有钱人吗?"

"嗯,算是吧。"少年的语气异常平静,"他是我家乡的前辈。家乡的前辈,真是可笑啊,不过是有同样的乡音罢了。我受他接济——不,不只是受人接济,我还教学。"

"就是边教边学吧。"我想让他快点停止这个话题。一点兴趣也没有。

"他有个在女校读三年级的女儿,长得像个丸子,很不行。"

"你隐约爱上她了吧。"我一直在敷衍了事。

"别说胡话,"少年生气了,"我有我的自尊。最近,那家伙渐渐把我当成杂役使唤。夫人对我也不好。终于,昨天我忍不住了——"

"我觉得说这些很无聊。这只是世间的概念,和一个人说走路会累是一回事。"我后悔和这名少年一起浪费时间至今。

———————————

① 日本明治三十一年至三十三年(1898—1900)及大正十四年至昭和二十三年(1925—1948)期间,设置于内阁各省的政务官。——译者注

"你是少爷出身，不明白受人接济的痛苦，"少年一直没输，"概念就概念好了。那种平凡的苦楚，你不明白。"

"我想我是明白的。明摆着的事嘛，我只是压在心里不说而已。"

"那么，你会解说电影吗？"从方才起，少年和我就把视线平行地投向池面，并肩而坐。

"解说电影？"

"是啊。那人的女儿今年春假去北海道旅行，大概是用十六毫米胶片吧，拍摄了大量的北海道风景，胶卷长得骇人。我也让她给我看了一些，都是杂乱无章的纪实摄影。听说她这次要在叶山先生的沙龙公开展览，就是所谓招朋唤友。不过，为那部愚劣的电影充当解说员以取悦观客，似乎正是我的任务。"

"那不错啊，"我不禁哈哈大笑，"有什么不好的。北海道的春天，来得尚浅——"

"你是认真的吗？"少年的声音似乎因愤怒而颤抖。

我慌忙肃容正色，恢复了认真的语气："换作是我，就心平气和地做好这件事。只有感到自我优越的人，才能演好真正的小丑。为这种事愤慨，将校服贱卖，是毫无意义的，是歇斯底里。你是因为实在没办法，才跳进河里游来游去，像个多愁善感的人一样，对吧？"

"旁观者说什么都行。我做不到。你是个骗子。"

我心里憋得慌："那你接下来打算怎么办？这不是明摆着的事吗？你打算一直在河里游下去吗？除了回去别无他法。回到原来的生活中去吧。我要忠告你，你是被你那幼稚的正义感给宠坏了。要解说电影呢，那又怎样，不过是区区一晚的屈辱，你大可堂堂正正地去做。我也可以代劳。"最后一句话不该说。简直荒唐。我被少年说成是骗子，莫名地被戳中了痛处以至于气急败坏，连不可能的事也脱口而出，使自己陷入了无处可逃的窘境。

"你能做到吗？"少年无力地笑了。

"当然可以。我能做到。"我气冲冲地下了断言。

一个钟头之后，我和少年一同走在涩谷的神宫大道上。这是很愚蠢的行为。我今年三十二岁，必须自重。但我不想让这名少年觉得我只会嘴上逞能，于是就这样同行了。归根结底，我可能也是被自己那幼稚的洁癖给宠坏了。我给这次令我深感不安的行动，冠以"救济少年"的美名，使自己稍稍松了口气。我努力强迫自己相信，当眼见一名少年即将溺水时，即使自己不会游泳，也必须跳下去救他，这是身为市民的义务。完全只是由于情势所迫，我就成了骑虎难下之势，不得不穿戴高中的校服校帽，代替少年去叶山家走一遭。我将不得不打招呼说："作为佐伯五一郎的朋友，今天佐伯生病了，所以我来代替他。"然后将《早春的北海道》这部愚不可及的电影解说得俏皮风趣。

　　我本就没有校服校帽，佐伯也没有。据他说，直到昨天还有，但连同鞋子都卖掉了，不得不去借。佐伯似乎怀疑我的执行力，对这个计划犹豫不决，而我看到少年的逡巡模样，反而兴奋起来，粗暴地拽着佐伯的手离开井之头的茶馆。途中顺便拐到我在三鹰的家，迅速剃了胡子，变得年轻许多，然后将相当数额的零钱揣入怀中，询问少年："你的朋友在哪里？有没有肯借给你校服校帽的密友？"得到"在涩谷有一个"的回答，便立即从吉祥寺站乘坐帝都电铁来到了涩谷。我好像有点疯了。

　　我俩急匆匆地走在神宫大道上。叶山家，电影聚会，就在今晚。必须抓紧时间。

　　"就是这里。"少年停下了脚步。

　　视线越过老旧的板墙，可见白色的辛夷花。似乎是一家民宿。

　　"熊本！"少年冲着二楼的隔扇喊道。

　　"熊本君。"我也觉得自己不知不觉间成了学生，毫不客气地大声喊了起来。

第四章

瓦格纳^①呀，

坦然喊出来吧，

愿你成功。

你若当真有话要说，

便如实说出来好了。(《浮士德》)

"来了。"从二楼的隔扇里传来一个女人般的温柔声音，坦然答道，所以我莫名地感到失望，没想到一个叫熊本的人竟会做出如此温柔的回答。我觉得他应该改叫青本女之助一类的名字。

"我是佐伯。可以上去吗？"少年佐伯用粗暴的嗓门大声叫道，倒是远比熊本更像熊本。

"请。"

---

① 浮士德的助手，是一个只重概念的书呆子的形象。——译者注

142

相当温柔。

我为之叹服，不禁失笑。

"他算是半个布尔乔亚①。"佐伯似乎敏感地察知了我的情绪，狡猾地闭上了一只眼睛，低声说道。

我们毫不犹豫地穿过民宿的大门，由玄关噔噔地跑上了二楼。

"请等一下。"佐伯刚要拉开房间的隔扇，便响起一声竭尽全力发出的颤音。那声音仍像女人一般高亢尖细，但仿佛被逼至绝境，听来多少有些凛凛生威，"一个人？两个人？"

"两个人。"我下意识地答道。

"哪位？佐伯君，和你一起的人是谁？"

"不知道。"佐伯看上去很为难。

我还没告诉佐伯我的名字。

"木村武雄，木村武雄。"我小声告诉佐伯。太宰是所谓笔名，我自出生以来的本名就叫木村武雄。我是觉得这个名字很丢脸，羞于向人提及，便选用了太宰这一听上去擅长打架的名字，尽管我明明很瘦。然而，当如此心急之时，我还是不假思索地突然说出了父母给我起的名字。"请叫我木村武雄。"我补充道，但我还是有点难为情。

---

① 即资产阶级。——译者注

143

"木村武雄，"佐伯点了点头，"我是和木村武雄君一道来的。"

"木村武雄？木村武雄君？"隔扇对面的那位狐疑地嘀咕道。我受不了了。在我看来，木村武雄这个名字，堪称世上最愚劣的名字。

"我叫木村武雄，"我破罐破摔地迅速说道，"这次来是有事相求。"

"请原谅，"出乎意料的回答，"我苦于同生人见面。"

"说什么呢，还是这么爱摆臭架子。"佐伯小声嘟哝道。

隔扇对面的那位似乎听到了，"不是架子，是鼻子，我的鼻子被虫子蜇了。以如此难看的面貌与生人见面，比什么都难堪。毕竟人都很重视第一印象。"

我们不禁爆笑。

"太荒谬了。"佐伯一把拉开隔扇，跌跌撞撞地进了房间。我也捧腹忍笑，踉踉跄跄地进了房间。

在那个八张榻榻米大的昏暗的房间一隅，端正地跪坐着一名身穿藏青地碎白花纹和服的光头少年。一看脸，果然是熊本女之助没错，完全没有熊本这个又强又壮的名字的感觉。溜圆的白脸蛋，劳埃德眼镜①后面的眼睛很小，像睁不开似的，所谓

① 赛璐珞粗框圆形眼镜，因美国著名喜剧演员劳埃德经常佩戴而流行一时。——译者注

被虫蜇过的鼻子似乎的确有点发红，但并非格外悲惨。身材非常肥胖，身高似乎比佐伯还要矮一些，打扮得颇为时髦。

"佐伯君，你不觉得有点太粗鲁了吗？"他一边很在意地胡乱整理衣领，一边用严肃的语气说道，"我都不曾给父母看过这么丑的脸。"他表现出一副气冲冲的模样。

"你在读书？"佐伯立刻止住笑容，走到熊本君近前，用戏谑的语气说道，然后在熊本君身旁的书桌下摸索一番，拾起了一册文库本。桌上摊开着一本横文排版的大开本西洋书，但佐伯对那书看也不看一眼。"是《里见八犬传》啊，听说蛮有趣的。"佐伯嘀咕着，立在原地，哗啦哗啦地翻动那册小文库本的书页，"你总是把不看的书摊开放在桌上，看的书必定藏在桌下。真是一种怪癖。"佐伯笑也不笑一下，说完便将那册文库本往熊本君腿上一扔。

熊本君显然十分狼狈，看上去甚至有些可怜，他面红耳赤地用双手按住腿上的那本书，用几乎微不可闻的声音说道："别小瞧我。"说完，他仰头睚视佐伯的脸，似乎颇有怨气。

我在房间角落里盘腿而坐，本在笑望二人，却不知为何，开始替熊本君感到可怜。

"《里见八犬传》是相当杰出的古典作品，是日式浪漫的——"我刚想说鼻祖，但意识到鼻子是熊本君现在忧郁的原因，便改了口，"元祖。"

熊本君如释重负。突然间，他又装模作样起来。

"确实如此，"他红唇紧绷，"我最近正在慢慢地重读呢。"

"呵，"佐伯在书桌旁仰躺下来，笑得很古怪，"你为何总是撒谎说你在慢慢重读这本书呢？你每次都这么说不是吗？我觉得你大可承认刚开始读。"

"别小瞧我。"熊本君再次用比之前更高几分的声音说出他那绅士般的优雅话语，表示抗议。但从脸色上看，他几乎要哭了。

"没有人是第一次读《里见八犬传》，一定是重读。"我做出了仲裁。旁观这两名少年争斗固然有趣，但与之相比，现在的我有更重要的事情要做。

"熊本君，"我改变语气叫他，诚恳地提出请求，"尽管非常唐突，但今晚能否把校服和校帽借我一用？"

"校服和校帽？是我的校服和校帽吗？"熊本君似乎有些不悦地皱了皱眉头，然后转头看向躺在一旁的佐伯，"佐伯君，我很不愉快。请不要太小看我。他到底是什么人？"

"不想借就算了，"佐伯躺在地上大声叫道，"又不是强求你。你才真失礼呢。坐在那里的人是个好人，不是像你一样的利己主义者。"

"不，不，"听到佐伯说我是个好人，我很狼狈，"我也是个利己主义者。佐伯君本不愿来，是我好说歹说勉强他带我来的。

我可以告诉你事情的原委，但总之，是我要拜托你。请借我用一晚。只要一晚就好，明天一早必定归还。"

"请随便用，我不知道。"熊本君语带哭腔，一下子转过身去背对着我，哗啦哗啦地胡乱翻动起桌上的西洋书来。

"算了吧，我怎样都无所谓。"佐伯坐起上半身，对我说道。

"那可不行。"我断然摇了摇头，"你现在才说这种话，太卑怯了。那样就好像我是被你戏耍了一通，才到这里来的。"

"怎么了？"我们一开始争论，熊本君似乎感到了奇妙的喜悦，又迅速转过身来，"佐伯君又开始挑事儿了？看来事情很不简单啊。"他用妄自尊大的语气说着，冠冕堂皇地抱起了胳膊。

"够了，我不想求熊本这种人，"佐伯突然站了起来，"我要回去了。"

"等一下，等一下，"我也站起身，拉住了佐伯，"你应该已经无处可去了。熊本君也没说不借校服。你呀，就是个任性不听话的孩子。"

熊本君见我将佐伯说得哑口无言，不知为何，他显得非常开心，终于面带得意之色站了起来。

"没错。可以说他就是个任性不听话的孩子。我又没说不借。我不是利己主义者，"他将挂在墙上的校服和校帽一把摘下，端着架子，像借出一百万元似的，以夸张的姿势向我递来，"如何？可还中意？"

"哎呀，蛮好蛮好。"我下意识地鞠了一躬，"请允许我冒昧在这里换衣。"

衣服换好了，并不合身。岂止不合身，简直是怪异。手臂从袖口长出足有五寸。裤子相当肥，而且很短，勉强遮住膝盖，多毛的小腿暴露在外，惨不忍睹，像高尔夫球裤一样。我不禁苦笑。

"饶了我吧。"佐伯立刻嘲笑道，"这副模样还能见人？"

"是啊。"熊本君也背着手，上下端详我这身打扮，"我不清楚您的身份，但穿成这样，连我的衣服也会遭到恶评的。"说着，他还故意叹了口气。

"没关系。不要紧。"我努力分辩，"我以前在本乡见过这样的学生。好像高才生一般都穿成这样。"

"还有这帽子，脑袋根本戴不进去啊。"佐伯又来找碴了，"倒不如干脆别戴反而更顺眼呢。"

"我的帽子绝对不小，"熊本君只在乎他自己的东西，"我的头是正常尺寸，和苏格拉底一样。"

熊本君出人意料的主张，使我和佐伯都忍俊不禁。最后，熊本君也被我们引得笑了起来。房间里的气氛意外地变得和乐融融，我们仨感到彼此变得亲近了起来。我想就这样三人一道外出，去涩谷的街上走一走。离天黑还早着呢。我朝熊本君借来一块包袱皮，把脱下不穿的衣服包在里面，让佐伯拿着。

"走吧。熊本君也一块儿来吧，如何？一起喝杯茶吧。"

"熊本正在学习呢。"佐伯不知为何，表现出了反对邀请熊本君的态度，"接下来还要慢慢地重读'八犬传'呢。"

"我没事。"熊本君似乎也想和我们一道外出，"总觉得会很有趣呢。你像恢复了青春的浮士德博士。"

"如此说来，梅菲斯特就是这位佐伯君了，"我忘了自己的年龄，多少有些兴奋，"这就是长毛狮子狗的真面目吗？一个旅行的学生？滑稽至极。"

我戏谑地看了看佐伯的脸，发现他的眼眶都红了，泪眼汪汪。我猜想，他大概是突然担心起今晚的事情来了。我默默地用力拍了拍少年佐伯的肩膀，走出了房间。我暗自下定决心，一定要救他。

我们仨离开民宿，慢悠悠地朝涩谷站的方向走去。路上擦肩而过的男男女女，对我的打扮似乎不以为怪。熊本君身穿藏青地碎白花纹夹衣，脚踏毡底草鞋，手持手杖，看上去相当做作。佐伯则还是那身衣着，拿着装有我的衣服的包袱皮。我穿戴着过小的校服校帽，脚踩木屐，一身苦学生的打扮，沐浴着阳春午后的温暖阳光，摇摇晃晃地走在路上。

"找个地方喝杯茶吧。"我问熊本君。

"好啊，难得我们变得熟络了。"熊本君装腔作势，"不过，有女孩子的地方还是割爱吧，毕竟我今天鼻子这么红。人的第

149

一印象是很重要的。与我初次谋面的女孩子，一定会武断地认定，我从生下来鼻子就这么红，而且今后也将永远都这么红。"他认真地主张道。

我觉得很荒谬，但还是拼命忍笑。

"那，Milk Hall① 怎么样？"

"去哪儿都行，"佐伯从方才起就意气消沉。他步履懒散，摇摇晃晃，简直像一条无意志的狗，跟在我们身后不远处，"邀人喝茶是想早点分手时使用的手段。我被人轰走之前，对方总会请我喝茶。"

"你这话是什么意思？"熊本君骤然转过身去，逼到佐伯近旁，"别阴阳怪气的。我和这位先生喝茶，是我俩亲和力的结果，很纯粹。我们因《里见八犬传》而产生了共鸣。"

看样子，他俩居然要在大街上爆发口角，我相当无奈。

"打住，打住。为何你俩就不能和睦相处呢？佐伯，你的态度也不好。熊本君是一位绅士，他尽力了。嘲笑别人竭尽全力的活法，是不对的。"

"明明是你在嘲笑，"佐伯将矛头转向我，"只是你老奸巨猾罢了。"

一旦争吵起来，就没完没了。

---

① 流行于明治末期到昭和初期的小吃店，以供应牛奶、面包等简易食物为主。——译者注

"走，去那里慢慢说吧。"我发现前方有一家小餐馆，便抓住因兴奋而脸色苍白、浑身颤抖的熊本君的一只手，快步前行。佐伯也从我们身后慢吞吞地跟了上来。

　　"佐伯君这人不行，他是恶魔。"熊本君带着哭腔控诉道，"你知道吗？他昨天刚从拘留所出来。"

　　我大吃一惊。

　　"我不知道。一点不知道。"

　　我们已经走进了那家昏暗的餐馆。

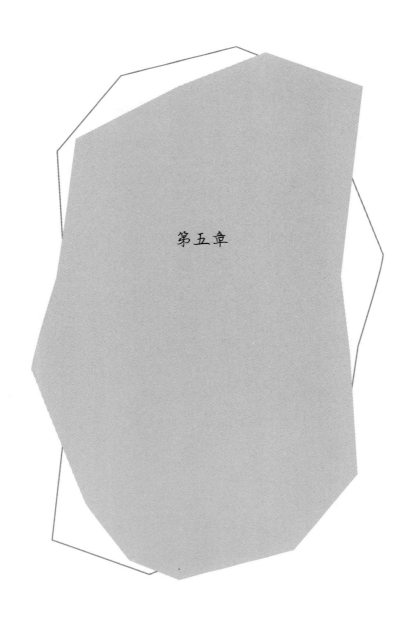

第五章

我一时间说不出话来。在得知自己遭到了背叛、受到了愚弄的一刹那，我品尝到了向前扑跌坠落般的痛苦滋味，怀着苦涩的心情，我一屁股坐在了餐馆一隅的椅子上。熊本君也在我对面坐了下来。稍稍落后的少年佐伯一出现在餐馆门口，就突然把包袱皮向我扔来，随即反身便逃。我起身冲出餐馆，追上两三步，立刻抓住了佐伯的左臂，直接把他拖进了餐馆。被这样的家伙愚弄了还能忍？——这种野蛮的、兽性的格斗意识勃然觉醒，使得一向怯弱的我，居然如此敏捷、顽强地做出了近乎奇迹的行动。佐伯还在挣扎欲逃。

　　"坐下。"我试图强迫他坐在椅子上。

　　佐伯一言不发，全身用力晃动，从我手中挣脱开去，随即从口袋里掏出一个亮晃晃的东西，

　　"我攮死你。"他的声音嘶哑，仿佛变了个人似的。我惊呆了。瞬间心想，我可能要被杀了。我有个习惯，一旦被逼到恐

惧的顶峰，就会自然而然地发出空虚的傻笑，总觉得可笑极了，让人受不了。不是因为胆子大，而是因为我极度胆小，在这种情况下立刻就会达到发狂状态。这种解释似乎更正确。

"哈哈哈哈。"我发出了空虚的笑声，"因害臊而手足无措，终至于竟想采取这种杀气腾腾的姿势。我记得呢。就算持刀，不挥起来也没用吧？"

佐伯默默地向我逼近一步。我笑得更厉害了。佐伯换了一只手持刀。这时，熊本君从佐伯身后将其一把抱住。

"请等一下！"他拼命发出尖叫，"那把刀是我的。"又提出了出人意料的控诉。

"佐伯君，你太过分了。那把刀原本是放在我书桌左边的抽屉里的吧？一定是你先前未经我允许就借用了。我向来秉持尊重人的名誉这一方针，所以不敢说是你偷的。请快点还给我。我一直很爱惜它。我只记得我把校帽和校服借给了他，却不记得把刀借给了你。请还给我。这把刀是我姐姐给我的，我一直很爱惜它。请还给我。你那么粗暴地对它，教我很为难。那把刀上还附有小剪子、开罐器及另外三种小工具呢。它是精美而脆弱的。请你行行好，就当积德还给我。"他照例带着哭腔尖叫道。

恶汉佐伯似乎也吃不消这拼上性命的抗议，像突然失去了力气似的，双臂一垂，苍白的脸上浮现出苦笑。

"还给你，还给你，这就还给你。"他用自嘲的语气说着，看也不看熊本君一眼，就把刀子递了过去，然后一屁股坐在了椅子上。

"好吧，说啥都行。"佐伯的口吻像真正的恶徒一样粗俗，让我觉得很扫兴，伤心不已。"五一郎君，"我在佐伯身旁的椅子上坐下，伴着叹息，头一次喊出了佐伯的名字，"别说那种怄气的话。那不像你的风格。"

"这种令人肉麻的腔调还是免了吧，我都要吐了。向彻底败北的对手展开如此温柔的说教，似乎很痛快吧。"佐伯不快地皱起眉头，用力发泄似的说道，懒洋洋地将双臂摊在了桌子上。他还在怄气，令人束手无策。我越发觉得没意思了。

"你这家伙真无聊。"我终于如实地说出了我的想法。

"嗯，没错。"他立刻便顶撞回来，"所以，我不是一开始就说了吗？我不是说过说教什么的绝不接受吗？你大可不必管我。"他一边说一边直勾勾地盯着餐馆的墙壁，眼中含着淡淡的泪水。我见他那个样子，不知为何，又变得不愿说话了。熊本君与我俩相对而坐，仔细地检查方才拼死夺回的那把精美而脆弱的小刀有无损伤，确认完好无损后，用手帕包住塞进右边的袖兜，这才终于舒了一口气，重又在我俩的脸上看来看去。

"怎么了？怎么回事？不管是你说的，还是佐伯君说的，我觉得都可以让我姑且点头赞同，但还得再听你们多多畅言才行。"他的表情可谓道貌岸然，"喝咖啡吗？还是吃点什么？总之先点些东西吧。好好谈一谈，也许就能达成一致。"熊本君似乎打算煽动我俩再大吵一架，他好在一旁以裁判自居，边听边对双方报以同等的附和，享受这种无与伦比的乐趣。

佐伯似乎很快就识破了熊本君的这种狡猾的期待，"你还是回去吧。刀已经还给你了，至于校服和校帽，他应该马上也会还给你。别忘了拿手杖哟。"他笑也不笑，以平静的语气说道。

熊本君已经噘嘴要哭了："何必这么小瞧人。我也是想帮你嘛。"

我觉得熊本君努力的样子很可爱，"没错，没错。熊本君都把校服和校帽借给我了，可以说是很重要的人，最好还是让他留下来。咖啡，三杯。"我冲餐馆后堂大声点了三杯咖啡。在昏暗的餐馆后堂，从方才起，就有个十三四岁的男孩一直伫立在那里，朝我们这边望过来。"妈妈去洗澡了，"那个好像还在上小学的男孩以迟缓的语气答道，"就快回来了。"

"哦，是吗？"我瞬间不知所措了，"怎么办？"我小声跟熊本君商量。

"等着吧，"熊本君泰然自若，"这里没有女孩子，所以我感觉很轻松。"他果然还在纠结他的鼻子。

"不如喝啤酒吧？"佐伯突然开口，"那里都摆成一排了。"

我一看，后面的架子上确实摆着一排啤酒瓶。我感受到了诱惑。我心想，喝上一杯啤酒，也许就能平息当下的这种烦躁不快的心情。

"喂，"我招呼看店的男孩，"就算你母亲不在，点啤酒总可以吧。你去拿来开瓶器和三个杯子就行。"

男孩很不情愿地点了点头。

"我不喝，"熊本君又摆起了架子，"酒精是罪恶。我要采取学者应有的态度。"

"又没人叫你喝。"佐伯略带不满地说道，"别胡扯了，你直接说怕被你姐责骂，我们就懂了。"

"你打算喝？"熊本君这次不甘示弱，"算了吧。我要忠告你。听说你前天不是也喝啤酒了吗？被关进拘留所，在学校都出名了呢。"

男孩拿来了啤酒，刚把杯子逐一放在我们仨的面前，熊本君就立刻拿起一个杯子，愤然趴伏在桌子上。我为之叹服。

"好，佐伯也不能喝。我一个人喝吧。酒精真的罪恶，尽量还是不喝为好。"我一边说，一边启开啤酒瓶的瓶塞，将酒倒入自己的杯子，一口气喝干了。好喝。"啊，真难喝，"我撒谎遮羞，"我也讨厌酒精，但啤酒不会轻易喝醉，所以不要紧。"我一味地为自己辩解，"毕竟，我也不想失去学者的态度嘛。"我甚至卑屈地迎合起了熊本君。

"那是自然。"熊本君恢复了心情，以傲慢尊大的口吻附和道，"我们是高蹈派①。"

"还高蹈派，"佐伯悄悄地嘀咕道，"象牙塔吗？"

佐伯突然嘀咕的那两句话，听来竟令人憋闷得难受，使我的胸口隐隐作痛。我又喝干了一杯啤酒。

"五一郎君，"我饱含深情地呼唤道，"我什么都明白。你方才向我扔来包袱皮打算逃走时，我一下子都明白了。你骗了我。不，我不是责怪你。责怪别人是一件很难的事。我虽然明白了，却什么也说不出来。说话变得很痛苦，我甚至想干脆佯作不知算了，但现在借着酒劲，我终于说出口了。不，仔细一想，也许是你促成我说出来的。毕竟是你发现了啤酒。"

"原来如此，"熊本君嘀咕道，"原来是佐伯君怀有如此远大的体贴之心，才提出了喝啤酒的建议。原来如此。"他频频点头，抱起了胳膊。

"谁有那么愚蠢的体贴之心呀。"佐伯微微一笑，"我只是，嗯，你知道的——"他说不下去了，双手胡乱地在桌子上来回摩挲。

"我明白，你是想取悦我。不，不能这么说。你是努力想缓和现场的气氛。佐伯一直承受着生活的辛苦，所以他对这种事

---

① 十九世纪后半叶法国诗歌流派之一。相对于感伤的、主观的浪漫派，该流派追求理性的、无个性的、客观的美。——译者注

很敏感，轻易便注意到了。熊本君则与之相反，总是只考虑自己。"趁着酒劲，我向熊本君发起了尖刻的攻击。

"不，那是因为……"熊本君面对意想不到的攻击仓皇失措，"那是主观的问题。"说完，他又低下头，喃喃自语了两三句话，但我一句也没听清。

我逐渐感到愉快起来，可谓心情舒畅。我又点了一瓶啤酒。

"五一郎君，"我又转头看向佐伯，"我不是责怪你哟。我没资格责怪别人。"

"责备也没关系，"佐伯似乎也渐渐恢复了精神，"你总是在自我辩解。我们已经听腻了大人的自我辩解。谁不是提心吊胆的呢？你大可二话不说痛骂我们。你明明是个大人，却一直在说爱啦理解啦之类的幼稚的话来讨好孩子。这太讨厌了。"话一说完，他就别过脸去了。

"嗯，是啊，你说的也没错。"我笑得很难看，内心狼狈不堪，只觉得"完了"，但我狡猾地掩饰道，"你内心中那使你不得不如此主张的愤怒，我能够感同身受，但你所主张的话语里，是有错误之处的。你明白吗？大人和孩子是一样的，只是身体有点脏而已。正如孩子对大人抱有期待一样，大人也同样对你们抱有期望。这听起来不像话，但是千真万确。我们在期待你们的力量。"

"难以置信，"熊本君可笑地露出得意的神色，并以居高临

160

下的怜悯目光乜斜着我，"你们也太狡猾、太不像话了。"

我咕嘟咕嘟地喝着啤酒，"稍微对你们温柔一点，你们就立刻过分沾沾自喜，而刚想把话说得重一点，还没说呢，你们就已哭丧着脸试图逃开。我们希望你们拥有自信，才委婉地说些爱啦理解啦，可你们却觉得不屑。你们哪怕能再坚强一点，我们也能放心地骂你们了。你们甚至——"

"你这是抬死杠，"佐伯下了断言，"真无聊。我们考虑的可不是那些老生常谈的事。我们希望你们能向我们展示一个可靠的人是什么样的。"

"没错。"熊本君舒眉展眼，支持佐伯的说法，"毕竟饮酒之人的话不可信嘛。"说着，他脸上浮现出幽微的怜悯的笑。

"我说不过你们，"说着，我感觉心里隐隐作痛，"但我并未绝望。酒也只是偶尔才喝，冷水擦身则每天都做。"我脱口说出连我自己都觉得奇怪的话，突然感到眼睛发烫，不知所措了。

第六章

"青年啊，趁着年轻享乐吧！"

我依从贤者的这一教诲行事，

何其愚蠢啊。

（现在后悔也没用）

看哪！在下一页，

那贤者又装聋作哑地写下：

"青春不过是空虚，

而弱冠不过是无知。"（弗朗索瓦·维庸）

多年以前，一个出生在巴黎的名叫弗朗索瓦·维庸的胆小懦弱的男人，曾捶胸顿足，在其遗书中写道："啊，遗憾！在那段疯了似的青春岁月里，我若能勤于学习，寄身于风俗良好的社会，现在就能拥有自己的家和舒适的寝床。愚蠢。我像个坏孩子一样叛离了学校。现在一想起这件事，我的心都要碎了！"

我现在也想毫不犹豫地对其痛切的哀叹产生共鸣——至多不过像熊本君那样，面带怜悯地笑我"毕竟饮酒之人的话不可信嘛"，我却无话可以立刻回击。我说我每天都用冷水擦身，在这种情况下毫无作用。我脱口说出了微不足道的事，然而对我来说，已经竭尽全力了。我既没有所谓政治手腕，也没有号令别人的勇气，更没有足以教人的学问，费尽工夫想拥有光明的希望，其结果却只是每天早上用冷水擦身。然而，对于身为无赖的我来说，光凭这一点，我就当它是勇猛的大事业。我现在遭到这两名少年怜悯的嘲笑，迫不得已知晓了自己的无力弱小，突然缄口不语，一只手拿着啤酒杯陷入了沉思。

少年佐伯可能看不过去了，低声说道："你没必要什么时候都表现得如此卑下。"他像要劝慰我似的，盯着我的脸说道："抱歉。你知道的，我很害羞，真话怎么也说不出口。但我不是骗子。我只说过一个谎。电影会前天开完了，是我解说的。所以，前天晚上聚会结束后，我就把校服和鞋子都卖了，在街上喝啤酒，被巡警发现，然后——"

"我知道，"我抬起头，像要掸开佐伯的自白一样挥了挥手，"你没有罪。都是话赶话。我太粗心了。你从一开始就不想让我到涩谷来，对吧？"我一声长叹，胸中块垒尽消。

"嗯，"佐伯近似羞赧地微微点了点头，"我没来得及改口。电影解说这种无聊的事，我已经做过了。——这种话我无论如

165

何也说不出口，所以就……"他又用双手在桌上胡乱摩挲起来，"在这一点上，我说谎了。对不起。至于被关进拘留所的事，我怕对你说了你会讨厌我。我太没用了。一直以来我承蒙叶山关照，虽然觉得电影解说什么的很无聊，但我想把它作为最后的答谢，便在前天晚上，当着一大群女孩的面做了解说。做了之后，觉得不行。我觉得我已经不行了。我觉得自己是个没有前途的人。请给我也来一杯啤酒。我现在很高兴，高兴得颤抖。木村君，你是个了不起的人。你这种人，毫不装腔作势，和我们一起又是担心又是沮丧，使得我们生出了勇气，觉得不能再这样下去了。我由衷地想要学习。我信赖一个不掩饰自己内心软弱的人。"他站起身，往三个杯子里倒满了啤酒，态度十分坚决，"干杯！熊本你也站起来。为庆祝喜悦而喝的一杯啤酒并不是罪恶，为消解悲伤和苦恼干杯才是可耻的！"

"那就只喝一杯，"熊本君不敌佐伯那急剧高涨的昂扬激情，颇不情愿地站了起来，"毕竟我对事情不太了解嘛，只是作陪而已。"

"事情怎样都无所谓。你不为我的重新出发感到高兴吗？你是个利己主义者。"

"不，我不是，"熊本君这次也勇于果断地回应了，"我只是想谨慎地思考问题。我不会对我无法接受的庆宴随声附和。我是科学的。"

"啧！"佐伯立刻嘲笑道，"自称科学的家伙，一定不懂科学。你那只是对科学的迷信的憧憬。它证明你是无学之辈。"

"算了，算了，"我也站起身，"熊本君是太害羞，对你那赤裸裸的感动之举只能退避。这是知识分子的娇弱之处。"

"是旧派的。"佐伯低声补充道。

"干杯。"熊本君左想右想也想不开，最终只能用无奈接受的语气说道，"我一喝啤酒就打喷嚏。我是从科学的角度说这件事。"

"很准确。"佐伯忍俊不禁。我也笑了出来。

熊本君没笑，他一手端着啤酒杯举至齐眉高，然后用另一只手仔细地拢了拢衣襟，"祝贺佐伯君重新出发。从明天起，请继续来上学。"他的声音严肃而诚恳。

"谢谢，"佐伯也优雅地轻轻鞠了一躬，"愿熊本你永远这么善良勇敢。"

"佐伯君和熊本君都有缺点，我也有缺点。我想大家应该互相帮助。"我怀着极大的诚恳说完，将冒着气泡的啤酒杯向前递去。

三个杯子碰在一起，然后我们仨将其一饮而尽。刚一喝完，熊本君就打了个大喷嚏。

"好。为庆祝喜悦而喝的酒止于一杯即可。不能把喜悦当作酒精的借口，"我原本还想多喝点啤酒，但不知为何，我现在非常珍惜现场的气氛，所以苦苦地压住了饮酒的欲望，"你们今后也尽量别喝啤酒！卡尔·希尔蒂[1]老师说过，诸君是有教养的学生，即便饮酒也不会陷入混乱，故而无害。不，有时甚至对健康有益。但是，模仿诸君饮酒的初中生及劳动者不能自制，会沉溺在酒中，因此多有身亡之危。是故诸君，为了他们！为了他们别饮酒。不光是为了他们，为了我们也别饮酒。我们在一个坏时代中长大，接受坏的教育，学习黑暗的学问。饮酒成了一种骄傲，甚至是正义感的表现。要彻底摆脱我们的这种恶癖是极其困难的。全靠你们了。只要你们养成清洁、明朗的习惯，我们这些黑暗之虫也会不远万里追随你们。别输给我们，要打败我们。一般论便到此为止。我不太擅长这种显而易见的概念论。毕竟，不管是多么无聊的书，这种事都会写得明明白白。若有可能，我并不想使用清洁、强烈、明朗之类的形容词。我宁愿刺伤自己的身体，只使用从伤口中喷出来的词语。哪怕无比拙劣，我只想结结巴巴地说出从自己的血肉之躯上削下来的话。一般论太难为情。演说到此为止。”

熊本君热烈鼓掌。佐伯站在原地，嬉皮笑脸的样子。

我恢复了正常的语气：“佐伯君，我这里大约有二十元钱，你用这些钱把校服和鞋子买回来吧。还有，外表要回到原来的生活状态。叶山先生的家，你也得耐着性子回去。寂寞的时候，

---

[1]　卡尔·希尔蒂（Carl Hilty,1833—1909），瑞士法学家、哲学家。代表作有《幸福论》等。——译者注

你就在住所里盖上毛毯学习。那是最华丽的青春。给我拿出誓不服输的劲头来，啃着硬面包坚持学习。你保证？"

"我知道，"佐伯脸虽红得厉害，嘴上却不打磕巴，"说这种话的时候，你的脸看上去简直就像以前的武士——明治时代的武士。太过时了。"

"你不会是士族出身吧？"熊本君又怯生生地发表了古怪的意见。

我几乎失笑，强忍着说道："熊本君，这里有二十元钱。请用这些钱把佐伯的校服和校帽买回来。"

"不需要，那些东西。"佐伯的脸越发红了，小声说道。

"不，不是给你的，而是信赖熊本君的友情，暂时托他保管。"

"明白了。"熊本君接过钱，尽力将眼镜后面的小眼睛睁大，以直立不动的姿势说道，"我会保管好的。待他日佐伯君学业有成之时——"

"不，那倒不必。"我突然羞臊得受不了。我想，要是不拿出钱来就好了。"离开这里吧。去街上走一走吧。"

外面已经天黑了。

唯独我多少还有点醉。我忘记了自己那身贫苦学生的打扮，大声信口开河，尽说些蠢话。

"喂，佐伯，那块包袱皮是不是太重了？我替你拿吧。没关系，交给我吧。好，来了。你知道'阿鲁·特尔·那·特·维·曼'吗？这个词是'嗨咻'的意思。福楼拜在这一个词上，耗费了三个月的苦心呢。"

啊，回想起来真是一个不可思议的夜晚。我以前从不知道人生还有如此意外的经历。我和两名学生，醉醺醺地走在夜晚的涩谷街头，以为重新找回了失去的青春。我的兴致高涨，没有止境。

"我们唱歌吧，好吗？一起唱吧。Ein,Zwei,Drei①.Ein,Zwei,Drei.Ein,Zwei,Drei. 好！"

　　　　　啊，消失殆尽的青春

　　　　　她那愉悦的归处

　　　　　而今何在

　　　　　纵情作乐的金玉时光啊

　　　　　一去不返

　　　　　我追寻你的影子

　　　　　空自叹息

　　　　　啊，变迁的世态

　　　　　啊，变迁的世态

---

① 这三个德语单词依次表示数字一、二、三。——译者注

遍身尘土的年轻人

帽子旧了，粗衣裂了

长剑锈迹斑斑

那湛湛的清光

而今何在

宴席上的欢歌

已然消失

刀声和马刺声

亦已无闻

啊，变迁的世态

啊，变迁的世态

但正直的年轻人的心

永远不会冷却

在勤勉苦学的日子里

在聚众嬉戏的日子里

它都灿烂生辉

纵然老旧的外壳消失

子实仍在我心中长存

必须坚决护好那子实

必须坚决护好那子实

(《老海德堡》)

只有我在唱。我用走了调的破锣嗓子，毫不畏惧地大喊大叫。一曲唱完，我又嚷道："怎么回事，没人唱啊。再来一遍。Ein,Zwei,Drei!"

就在这时，"喂，喂。"有人从背后拍了拍我的肩膀。回头一看，是警察。"天刚黑就这么吵闹地走来走去，成何体统。你是哪儿的学生？老实回答，别想隐瞒。"

我感觉到了自己的命运。这下完了。我一副学生打扮，不是三十二岁的醉诗人。光是空口道歉，看来是不会被原谅的。穷途末路。要不要逃呢？

"喂，喂。"有人迭声唤我，我一下子清醒过来，发现自己正躺在草地上。日头尚高。可闻云雀叫声。我终于意识到，我果然正躺在以前的井之头公园的玉川上水的土堤上。再一看，少年佐伯穿戴着大学的校服、校帽，脚踩一双锃亮的鞋子，端立在我身畔。

"喂，我要回去了。"他语气平静，"你都睡着了。太懒散了。"

"睡着了？我吗？"

"是啊。我正给你讲可怜的亚伯的故事，你却呼呼大睡过去了。我看你快成仙了。"

172

"不会吧？"我落寞地笑了笑，"昨晚我忙工作一直没睡，累坏了。我睡了很久吗？"

"大概十分钟或十五分钟？啊，天冷了，我要回去了。告辞。"

"等等，"我坐起上半身，"你以前不是高中生吗？"

"当然啦。上大学之前是高中生。你是真的脑筋不好啊。"

"什么时候成为大学生的？"

"今年三月。"

"是吗？你是叫佐伯五一郎吧？"

"你睡糊涂了吧。我不叫那名字。"

"是吗？那，你为何在这条河里裸泳？"

"因为我喜欢这条河。这种程度的心血来潮，你就不能原谅我吗？"

"下面这个问题可能有点奇怪，你有没有一个叫熊本君的朋友？有点装腔作势的。"

"熊本？——没有啊。也是工科的吗？"

"不是。都是梦吗？我也想见见那位熊本君呢。"

"你在说什么呀。你睡糊涂了。给我振作点。我回去了。"

"啊，抱歉。你，你，"我又叫住他，"要好好学习啊。"

"多管闲事。"

他飒爽地走开了，留下我独自一人寂寞不堪。咆哮般地歌唱"必须坚决护好那子实"的自己的声音，仿佛仍在耳际萦绕。白日梦。我站起身，向茶馆走去。在袖兜里摸了摸，五十分纸币果然还在。我那句"佐伯君和熊本君都有缺点，我也有缺点。我想大家应该互相帮助"的祝酒词也想了起来。我甚至想现在马上就飞去涩谷确认一下，但前往熊本君的住处的路线有点记不清了。一定是梦。我穿过公园里的树林，从动物园前方经过，绕过池塘走进了熟悉的茶馆。

老妇人迎了出来："哎呀，今天只你一个人？真少见。"

"来一瓶可尔必思①。"我想试着喝点朝气蓬勃的东西。

我盘坐在茶馆的板凳上，缓缓啜饮可尔必思，但我仍不过是个三十二岁的蹩脚的小说家，丝毫也没涌现出年轻的热情来。只带着深深的苦笑，再三反刍那首歌的这一句：

"必须坚决护好那子实。"

---

① 同名公司生产的乳酸菌饮料。——译者注

失

败

园

（我的陋屋，有个约六坪大的庭院。拙荆在院子里乱无秩序地种了一大堆植物，乍一看去，似乎都失败了。那些模样尴尬的植物的低声私语，我都速记了下来。我真能听到它们的声音，未必是在模仿法国人列那尔①。好了。）

玉米和西红柿

"光是个子长得这么高，太丢脸了，差不多得结果实了。但肚子里没力气，使不出劲儿。大家都以为我是芦苇吧。自暴自弃了。西红柿先生，让我靠一下。"

"哎呀，哎呀，这不是竹子吗？"

"你这话是认真的？"

---

① 儒勒·列那尔（Jules Renard,1864—1910），法国小说家、散文家。代表作有《胡萝卜须》《自然纪事》等。其中《自然纪事》是描写自然界动植物的散文作品。——译者注

"别介意。你呀，怎么一到夏天就瘦。据这里的主人说，你和芭蕉也很像。他好像很喜欢你呢。"

"我光长叶子，他是在揶揄我呢。这里的主人很敷衍，我替这里的夫人感到可怜。虽然她很认真地照顾我，可我却只长个子，一点也胖不起来。唯独西红柿先生你，看来已经结出了果实呢。"

"嗯，好像是呢。我出身本就卑贱，就算放任不管，我也会结果实。别小看我。这样夫人也喜欢。这些果实，是我用尽全力结出来的。你看，只要一用力，这些果实就会膨胀，再用点力就会变红。啊，头发有点乱了。我想理发。"

核桃苗

"我好孤独。我有大器晚成的自信。我想尽快拥有被毛虫爬上来的资格。咦，今天也沉浸在高迈的冥想中了吗？谁也不知我的出身有多高贵。"

合欢苗

"核桃小鬼在说什么呢。这家伙肯定很爱抱怨，也许是个不良少年。我若现在开花，他定要对我说难听话。小心点吧。咦，谁在挠我的屁股？是旁边的小鬼啊。真的，真的，明明是个小鬼，偏偏根扎得很像样了。还说什么高迈的冥想，太荒唐了。还是装作不知好了。嗯，就这样把叶子叠起来，假装睡着了。尽管现在只有两片叶子，但再过五年就会开出美丽的花朵。"

胡萝卜

"怎么说都不像话。这不成垃圾了吗？别看我这样，我可是胡萝卜芽。从一个月前起，我就再未长过半分，一直这样。我恐怕永远都将是这副模样了吧。难看死了。谁来把我拔出来吧。自暴自弃了。啊哈哈哈，不禁傻笑。"

萝卜

"地基不行啊，到处都是石头，伸不开我这白腿。总觉得腿变得毛烘烘的了。装成牛蒡吧。我乖乖认命了。"

棉花苗

"他们说，别看我现在这么小，很快就会变成一个坐垫。是真的吗？我忍不住想自嘲。别鄙视我。"

丝瓜

"嗯，这样走，再这样缠上吗？做工多么拙劣的架子啊，费尽功夫才缠上去。不过，搭这个架子时，这里的主人和妻子吵架了。好像是愚蠢的主人耐不住妻子苦苦央求，便像煞有介事地搭了这个架子，但他手脚太笨，妻子一笑话，他就汗流浃背地怒声道：'那你来搭。丝瓜架是奢侈品，我可不想扩大生活样式，我们不是那种身份。'这话就很败兴，妻子便也一改态度：'我知道，但我觉得有个丝瓜架也挺好，这么穷的家里也能搭出丝瓜架，感觉就像奇迹一样，是一件大好事，我家居然也能有丝瓜架，就像做梦一样，我高兴得不得了。'妻子可怜地坚持，主人只好很不情愿地继续搭架子。这里的主人似乎有点宠老婆。唉，唉，好意还是别辜负了，不然我也于心不安，嗯，这样走，再这样缠上吗？啊，这实在是个很糟糕的架子，搭它的目的就是让我缠不上去。毫无意义。我可能是个不幸的丝瓜。"

玫瑰与葱

"在这个院子里，果然我就是女王啊。别看现在身子这么脏，叶子也失去了光泽，直到前些天，我还接连开了十几朵花呢。每当附近的大婶夸赞我漂亮时，这里的主人必定从房间里突然现身，吊儿郎当地冲她们点头哈腰，教我羞臊极了。是不是脑子不好啊。主人对我照顾有加，但他总是采用错误的手段。当我口渴难耐开始枯萎时，他只会团团乱转，把妻子骂得狗血淋头，自己却什么也做不了，最后发疯似的将我的宝贝新芽一个个都剪掉了，还装作一本正经地说道：'嗯，这样应该就可以了。'我不禁苦笑。他脑子不好，有什么办法。倘若当时没被剪去那么多新芽，我肯定能开出二十朵花。已经不行了。开花时太拼命，过早衰老了。我想快点死。咦，你是谁？"

"至少该称吾'龙须'。"

"你不是葱吗？"

"被识破了吗？真丢脸。"

"你在说什么呢。好细的葱啊。"

"嗯，太丢脸了。享不到地利啊。若是生逢其时——不，败军之将不发牢骚。吾便这样睡去。"

不开花的鬼灯檠

"是生灭法。盛者必衰。干脆化形离开吧。"

181

颓

废

派

抗

议

我认为，不能因为一篇小说描写了一个浪荡子，就说它是颓废派小说。我可是一向打算写所谓理想小说的。

　　我是很认真的。我可能是理想主义者。悲哉，在这现世，理想主义者的言行似乎往往给邻人一种略显可疑甚至滑稽之感，就像那个堂吉诃德。如今，堂吉诃德完全是傻子的代名词。但他究竟是不是傻子，只有理想主义者才清楚。为了高迈的理想，弃财产、地位如尘芥，自愿亲赴前线——不曾经历这些的人，绝对不理解堂吉诃德那令人痛不欲生的悲哀。刺耳之仁，犹在于此。

　　我的理想，比起堂吉诃德的，实在算不得高迈。与其挥舞破邪之剑勇斗恶人，我更喜欢哄欺脸红村姑谋得一夜欢愉。理想也分许多种。为这好色的理想，我舍了钱财，弃了衣履，变得一贫如洗，还美其名曰"浪漫主义"。

　　这种浪漫主义，早在我幼时即已萌芽。我的故乡在奥州山区，家中但有什么喜事，父亲就从远在八十里外的小城 A 唤上四五个艺伎，乘马而来——没别的交通工具，坠马之事时有发生。故事发生在我十二岁那年冬天，家里庆祝父亲获颁勋章，来了五个艺伎，一个鸨母、两个窑姐、两个清倌儿，其中一个清倌儿跳了《藤娘》①。许是被灌了些酒的缘故，她两眼泛红，在我看来很美。每当她在台上利落地定型亮相时，观众席间就响起赞叹声，我甚至听到四五个人叹息，觉得她美的不止我一个。

我想知道那女孩叫什么，但又不能随便找人打听。我毕竟是个十二岁的孩子，不得不假装对艺伎漠不关心。我偷偷溜进账房翻查账簿，其中有这次喜宴开销的所有记录。在歌舞部分，挨排写着五个艺伎的名字，酬金各是多少，算得清清楚楚。管账房的叔父的字，写得一笔一画，板板正正。看过那五个名字，我觉得倒数第二个"浪"一定就是她。凭着少年特有的神奇直觉，我断定那女孩名叫"浪"，这才冷静下来。

我下定决心，长大以后要为浪赎身。两三年过去，我不曾忘记她；五六年过去，我已成高中生，自以为是个大人了，即使买下艺伎，学校也不会惩罚我。我觉得现在是时候了。从高中所在的集镇到浪应该在的小城 A，坐火车约需一个钟头。我决定启程。

---

① 日本歌舞伎表演的代表剧目之一。——译者注

我选在两连休的假期出发了，仍穿戴着高中的校服、校帽，即所谓敝衣破帽。但我并不以此为耻，暗自以为这样"贯一①"。我觉得，终于守得云开去见那个历经数度春秋依然念念不忘、深藏于心的典雅少女，这样的浪漫装扮再合适不过。我故意扯下上衣的一粒扣子，欲使自己的身姿蒙上一层为爱憔悴而稍显疏狂的阴影。

抵达那座临海小城 A 时，眼看将至晌午，我便信步走进车站附近的一家大饭店。当时，我尚不具备自我意识之类的卑劣思想，有着想什么就做什么的美丽勇气。后来才知道，那家饭店属当地一流，只接待以县长为首的地方名士，难怪门口那般恢宏庄严，庭园里还有一道大瀑布。入门是一条笔直的长廊，所铺木板泛着冰冷的黑光，好像寺庙的地板，长廊尽头在蓝色聚光灯的照耀下，犹如隧道出口，一眼即可望见庭园里的那道大瀑布。叶樱②时节，在光灿灿的绿叶荫下訇然直落的瀑布，对于十八岁的我来说，如梦似幻。蓦地，我回过神来。

"我是来吃饭的。"

"请。"

那女招待方才似乎在做扫除，手持扫帚，头裹毛巾，不知为何笑着答道，并为我拿来了拖鞋。

---

① 日本小说家尾崎红叶的代表作《金色夜叉》的主人公。——译者注
② 花落后长出嫩叶的樱树。——译者注

我被带到后堂二楼的一个立着金屏风的房间。这家饭店像寺庙一样，很是寂静，唯独瀑布的响声大得震耳。

　　"我是来吃饭的，"我大模大样地盘坐在垫子上，怒声重复道，拼命不教对方小瞧我，"我要生鱼片、煎蛋卷、牛肉火锅和咸菜。"我把自己知道的菜都点了。

　　女招待是个年近四十的大婶，面色黝黑，身材瘦弱，但给人的感觉很善良。我在她的服侍下，一边大吃大喝，一边毫不羞怯地说："你们这里有个名叫浪的艺伎是吧。"我那时拥有自恃美丽的勇气，甚至不如说是得意，"我认识她。"

　　女招待回答说没有。我失望极了，连筷子几乎都拿不住。

　　"不可能。"我心情大坏。

　　女招待双手绕到背后，正了正腰带，然后回答说，以前的确有个名叫浪的艺伎，但她对男人太过言听计从，结果为下乡巡演的艺人所骗，在这片土地上待不下去了，如今该是在一家名为 AS 的温泉浴场做艺伎呢。

　　"是吗？浪这孩子向来如此。"我假装很了解浪，心情却十分阴郁。我就这么回去了，什么事也没发生，仿佛是去 A 市特意看瀑布的。

　　但我没忘记浪。非但没忘，还更喜欢了。被巡演艺人欺骗，多浪漫啊。我觉得很了不起，非同凡俗。我想，我一定得去那个 AS 温泉浴场，好好夸一夸浪。

三年后，我考上东京的一所大学，有机会认识了酒吧女招待，但我还是忘不了浪。那年暑假返乡途中，当火车在那个 AS 温泉浴场停下的一瞬间，我下定决心，如飞鸟般跃下了车。当晚，我见到了浪。她变得胖墩墩的，一点也不好看。我灌了自己许多酒。一旦醉了，浪漫的心情多少便也有所复苏。

"你十年前是不是骑马到过一个名叫 K 的村子？"

"是的。"女人若无其事地答道。

我膝行凑到她近前说："当时我曾看着你跳《藤娘》，那年我十二岁，从那以后，我就忘不了你，一直苦苦追寻你的下落，如今，时隔十年，我终于和你重逢了。"说着说着，不免百感交集，想放声大哭。

"你是……"温泉艺伎表现得越发不感兴趣，口吻粗鲁，"T 先生家的少爷？"

我本想回答是，但总觉得那样一来，像是在炫耀自己的纨绔身份，这与我的浪漫志趣不符，于是我便答道："不不，我是那家人的远房亲戚，是个苦学生，但这不重要。时隔十年，我终于如愿以偿又遇见你了，今晚你就住在这家旅馆吧，我们好好聊一聊。"我一厢情愿地莫名兴奋，女人却根本不理解这种浪漫主义。"我不干净。"女人拒绝留宿。

我误会了，强烈的感动使我不禁凑得更近，"别这么说，我也不是昔日的我了，如今遍体鳞伤。你也吃了不少苦吧，彼此彼此，我也不干净。你绝不该为灰暗的过去而心灰意懒。"我甚至带上了哭腔。

当晚，女人还是回去了，并未留宿。真是个无趣的女人。我当时不理解她离开的本意，只当她是羞惭于自己的沦落身世才离去的。

现在回想起这一切，在种种复杂的层面上，我都悲哀于自己年少轻浮的自以为是，但我决不认为这是一段肮脏的记忆。对于当晚那个什么都不懂，只会一个劲儿地大喊"我也不干净"的自己，我甚至心生怜爱。我的确是理想主义者没错，还能嘲笑的人，就尽管嘲笑好了。

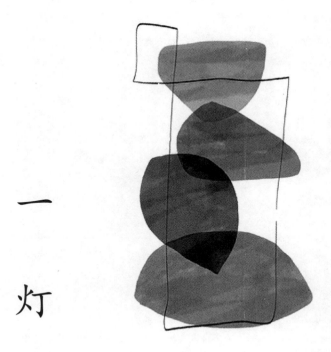

一

灯

艺术家实在是一个让人无可奈何的种族。他死命抱着一个鸟笼，四处游荡。那鸟笼若被夺走，恐怕他会咬舌自尽。因此若有可能，还望勿要夺走。

　　每个人都在思考，想方设法拼命努力，只为过上光明的生活。自古以来，艺术的一等品总是给予世人希望，借给他们隐忍求生的力量，概莫能外。我们的一切努力，都应该只针对一等品的创造。这是至难的事业，但我千方百计想要到达那里。坐在进退两难的穷极之地，我们应该努力做成这件事。只能继续下去，此外别无他法。我们唯一拥有的，便是神赐的一个鸟笼。总是如此。

　　愿长伴君侧——这应该是所有日本人的秘密祈望。倘若天皇下旨"走吧，离开笠置山"，便不是藤原季房①，也定会哭倒

---

① 藤原季房（？—1333），后醍醐天皇的亲信之一。因天皇讨幕计划败露（元弘之变），随天皇逃至笠置山，后笠置山被攻陷而被捕。——译者注

在地。只是太过害羞，说不出口而已。这是再明白不过的事。不是说哑萤如何如何吗？^① 即使说了这么多，我仍然感到非常遗憾。

不过，现下不能老是害羞。倘因默不作声、茫然无措而被指为非国民，则无疑是最大的憾事，怎受得了。借此机会，我将以我的方式，更鲜明地点亮我的贫者一灯献上。

故事发生在八年前。在神田某旅馆的一个昏暗的房间里，我被哥哥狠狠地骂了一顿。那是昭和八年^②十二月二十三日傍晚。我本应在翌年春天从大学毕业，然而考试我一次也不曾参加，毕业论文也没提交，根本无望毕业，这事被乡下的大哥知晓了，我被哥哥唤至他在神田经常投宿的旅馆，挨了一顿格外严厉的训斥。大哥脾气暴躁，在这种情况下，眼前愚蠢的弟弟的一举手一投足，都让他看不顺眼。我双膝并拢，端正跪坐，在离火盆很远处颤抖不已。

"这是做什么，你以为你正坐在大臣面前吗？"哥哥显然心情不佳。

过分卑下也不行。我于是不再跪坐，稍稍抬起头来，微微笑了一笑，结果又被骂懒耍滑。我意识到这样也不行，慌忙端

---

① 日本谚语曰"都道鸣蝉心焦切，偏是哑萤更焚身"，形容相较于能说会道者，不能出口成言者心中的思虑更为深切。——译者注
② 公元 1933 年。——译者注

正坐姿低下头去，大哥却又骂我没骨气。怎么做都不行，我不知如何是好，哥哥的怒火则越燃越旺。

隐约地，从外面的街上传来嘈杂的人声。过了片刻，旅馆的走廊突然变得闹哄哄的，其间夹杂着女佣们的私语声和低笑声。我不再理会哥哥的叱骂，偷偷侧耳倾听那边的声音。突然，我听到了一句话。

"是提灯游行队伍。"我大着胆子抬起头，向哥哥汇报。

哥哥脸上瞬间现出古怪的神色。就在这时，外面的人群爆发出一阵山呼海啸般的"万岁"，喊声之大，几乎连房间的隔扇都要被震破了。

皇太子殿下于昭和八年十二月二十三日诞生了。在那个举国欢庆的日子里，唯我一人从方才起就挨哥哥痛骂，我倍感伤心，不堪忍受。哥哥冷静下来，拿起台式电话，吩咐账房把车开来。我心想，太好了。

哥哥笑也不笑一下就别过脸去，起身脱下棉袍，自顾自地开始准备外出。

"上街看看吧。"

"哈。"狡猾的弟弟从心底感到高兴。

天快黑了。哥哥从汽车的车窗，贪婪地望着街上的庆祝光景。那是一片国旗的洪流。人们终于压抑不住一下子爆发出来的欢喜之情，是显而易见的。除了高呼万岁，别无他法可以表达。

过了片刻，哥哥嘀咕了一句"太好了"，深深地嘘了口气。然后，他轻轻摘下了眼镜。

我险些笑出声来。大正十四年①，我读初中三年级时，照宫公主②出生了。当时，我的学习成绩还不赖，所以最讨大哥喜欢。由于父亲早逝，哥哥和我的关系就像父子一样。放寒假时，我回到老家，和大嫂聊起前几天公主诞生的事，不知为何，我俩在"泪流不止、窘迫不堪"这一述怀上达成了一致。那天我正在理发店理发，听到报喜的烟花声就忍不住泪流满面，窘迫极了。据说大嫂当时正在做针线活，一听到烟花声，就做不下去了，同样十分窘迫。

哥哥在一旁听了我俩的述怀，逞强道：

"我就没哭。"

"是吗？"

"谁知道呢。"大嫂和我一点也不相信。

"我没哭。"哥哥笑着坚持说。

大哥刚才轻轻摘下了眼镜。我强忍着笑，别过脸去，装作没看见。

哥哥在快到京桥前下了车。

---

① 公元 1925 年。——译者注
② 即东久迩成子，旧称照宫成子，昭和天皇第一皇女。——译者注

银座人山人海。遇见的每一个人都笑逐颜开。

"太好了。日本如此即可。太好了。"哥哥几乎一步一嘟哝，自顾自地点头，先前的愤怒似已忘得一干二净。狡猾的弟弟仿佛重新活了过来，一蹦一跳地跟在哥哥身后，脚不着地似的。

在 A 报社前，站着一大群人，一个字一个字地小声读着闪烁滚动的电光快报的片假名。哥哥和我久久地伫立在人群后方，一遍又一遍地读着同样的文字，百看不厌。

终于，哥哥走进了银座里面的杂煮店，给我也点了一杯酒。

"太好了。如此即可。"哥哥用手帕胡乱抹去脸上的汗水。

杂煮店里也在狂欢。一位身穿晨礼服的绅士，兴高采烈地走进来说道：

"嘿，诸君，恭喜！"

哥哥也笑着欢迎那位绅士。原来，那位绅士一听说皇太子殿下诞生，就立刻穿上晨礼服，去附近到处道谢。

"他谢什么，真奇怪。"我对哥哥小声说道。哥哥一口酒喷了出来。

想必日本全国，便是再荒僻的山村，现在皆已竖起国旗，人们正笑逐颜开地提灯游行，高呼万岁。一想到这样的场景，我就犹如亲眼得见一般，陶醉于那遥远的、微小的美好。

"根据皇室典范——"那位绅士开始大声演说。

"还皇室典范呢，又乱发豪言壮语了。"这次换成哥哥对我小声说道。他笑中带泪，似乎从心底里感到高兴。

　　离开杂煮店，又去了别处，我们那晚挤在兴高采烈地大肆庆祝的市民中间，一直走到深夜。一组又一组的提灯队伍从我们眼前晃过，灯火宛如波浪。最后，哥哥和人群齐声高呼万岁。我从不曾见哥哥那么兴奋、陶醉。

　　我想，今后恐怕再难听到那么纯粹、那么无拘无束、几乎响彻苍穹的全体国民的欢喜与感谢之声了。但愿还有重来日。即使没人提醒，我们也须暂时忍耐。

和风译丛·太宰治系列推荐

本书创作于第二次世界大战期间。在战争硝烟的笼罩下，作者一家人不得已进入狭小的防空洞中躲避空袭。父亲为了安抚躁动不安的小女儿，将日本传说进行改编并讲给女儿听，于是便有了《御伽草纸》这本传世经典。

"人生总是在上演着这样的故事，这就是所谓的人性悲喜剧。"太宰治根据《去瘤》《浦岛太郎》《舌切雀》等耳熟能详的日本传说故事进行改编，表现出对人性和现实命运的反思，但在风格上却一改往日的沉郁颓废，转为轻松平和，《御伽草纸》是太宰治笔下少有的温情之作。

此外，本书中还收录《竹青》与《维庸之妻》。

根据日本现实主义之父井原西鹤的作品改编，同时注入太宰治的人生哲学，这是两位日本文学家的一次跨时空"合作"。太宰治借西鹤之口揭露现实、剖析人性，在战火下仍然笔耕不辍，为的是在乱世中仍然能使文学精神得到传承。

本书作品多描述市民生活中的奇闻异事，从小人物着笔，折射出日本社会的喜怒哀乐，趣味十足而又发人深省。是选择追名逐利还是坚守本心？这是作者留下的问题。至于问题的答案，则需要读者在人生之中探寻。

时间宝贵，我们只读好书。

和风译丛·太宰治系列推荐

　　津轻是太宰治的故乡，他短暂人生中的前二十年都在这里度过。可以说，是津轻成就了如今的太宰治；而当太宰治重游故园时，他也找回了久违的温暖。本书不仅是一部描写津轻风土人情的优秀作品，而且具有极高的文学价值。阅读此书，或许可以让我们通过太宰治的成长之路，得到前所未有的精神力量。

　　《春天的盗贼》收录了《春天的盗贼》《俗天使》《新哈姆莱特》《女人的决斗》《女人训诫》等太宰治的小众作品，题材丰富，表现形式多样，每一篇作品都展现出了太宰治出众的洞察力和文学才能，同时也让我们在阅读中窥见太宰治内心的挣扎和对美与善的一丝希望。

和风译丛·太宰治系列推荐

战争时期，太宰治将笔触转向历史传奇，并创造出乱世中的一方净土。本书收录了太宰治为人称颂的翻案杰作《右大臣实朝》《追思善藏》等，是研究太宰治文学风格和艺术水平的重要参考。太宰治用其对情节独特的处理手法，为传统作品注入了新的价值。在明暗意向的交织下，展开了一幅描绘人性的画卷。

不论身处何等黑暗之境，内心深处一定会有不灭的希望，太宰治即是如此。总是给人留下颓废、消极印象的太宰治，心中也有柔软的一面。他在逆境之中寻求生命的意义，并鼓励读者勇敢地追寻梦想，保持善良和美好的人性，满怀信心地迎接每一天。《归去来》中收录太宰治数篇真心之作，是太宰治彼时心境的真实写照，也是他留给后人的宝贵精神财富。

时间宝贵，我们只读好书。

和风译丛·太宰治系列推荐

《古典风》收录了太宰治的日常随笔、短篇小说、散记等。题材丰富，形式多样，展现出太宰治在文学领域的多种探索，并在其中融入了太宰治自身对于人生的感悟。这些作品的问世打破了大众对太宰治"忧郁、堕落"的刻板印象，逐渐认识到他作为一个普通人所具有的丰富情感。想要了解真实的太宰治吗？那你一定不能错过这本《古典风》。

"我一定会战胜这个世界的！"这是主人公芹川的宣言，少年总要经历挫折和磨难才能成长，而他们身上最宝贵的便是勇气与希望。芹川的故事正是每一位青少年的真实写照，即使遭遇挫折、经历失意，也不会停下勇往直前的脚步，这才是青春的意义。

《正义与微笑》语言细腻，风格明快，真实地再现了一个正值青春的少年在面临人生选择时的心理变化。一反往日作品的"颓废、压抑"之风，展现出太宰治积极向上的一面。

只读

时间宝贵，我们只读好书。

—和风译丛—